도담도담

어린아이가 탈없이 잘 놀며 자라는 모양

티파니(박수현) 지음

초판 1쇄 발행 2015년 7월 7일

지 은 이	박수현
발 행 인	권선복
편 집	김정웅
디 자 인	이세영
마 케 팅	정희철
전 자 책	신미경
발 행 처	도서출판 행복한에너지
출판등록	제315-2013-000001호
주 소	(157-010) 서울특별시 강서구 화곡로 232
전 화	0505-613-6133
팩 스	0303-0799-1560
홈페이지	www.happybook.or.kr
이 메 일	ksbdata@daum.net

값 15,000원

ISBN 979-11-86673-02-7   03810

Copyright ⓒ 박수현, 2015

도서출판 행복한에너지는 독자 여러분의 아이디어와 원고 투고를 기다립니다. 책으로 만들기를
원하는 콘텐츠가 있으신 분은 이메일이나 홈페이지를 통해 간단한 기획서와 기획의도, 연락처 등
을 보내주십시오. 행복한에너지의 문은 언제나 활짝 열려 있습니다.

티파니(박수현) 지음

추천사

이정자
연세대학교 과학기술대학
수학과 명예교수

　사랑하는 제자들이 성공하기를 바라는 것은 어느 시대에나 변함없
는 스승의 마음입니다.

　수현이로부터 책을 펴낸다는 말을 듣고, 새삼스럽게 처음 만났던
20년 전을 되돌아봅니다. 앞에서 보기엔 수줍은 듯한데 돌아서면 남
학생에게 더 당당하던 수현이, 여학생과 별로 나눌 대화거리가 없었던
수현이, 학생들이 전하는 말로는 아버님이 **빵빵**하신 분이라고 소문나
서 많은 학생들이 감히 똑바로 쳐다보지 못하고 뒤에서 흠모한다던 수
현이, 그런 수현이에게 그 당시 모든 학생들과 교수들이 가장 궁금했
던 것은 수현이 적성이 딴 데 있을 것만 같은 의 성적이 아니라 수학과에 왜 왔
을까 하는 것이었습니다. 아직도 수현이에게 물어보지 못해서 그 답은
잘 모릅니다.

　졸업하고 잊고 있었던 수현이가 어느 날 갑자기, 영어전문가 티파니
가 되어 '홈커밍데이'에 나타났습니다. 영어를 가장 두려워하는 수학과
학생들 속에서 영어 전문가로 변신해서 말입니다. 그것도 역시 수현이다
운 모습이었습니다. 최근에는 블로그에 마음을 쏟아놓는 티파니의 글

을 읽고 가끔 나도 댓글을 달며 "참 씩씩하게 사는구나." 격려하기도 합니다.

연세대학교에서 수학 전공과목을 가르치면서, 한편으로는 상담사 자격증도 있고 상담코칭센터장, 성폭력상담소장 등 거의 30년을 대학 청년들 상담으로 일관해온 나였지만 수현이의 책 원고를 읽어보며 수현이, 아니 티파니의 상담기술을 따라가려면 앞으로 30년은 더 상담의 경험을 쌓아야겠다는 생각이 들 정도로 참 놀라웠습니다. 짧다면 짧은 인생을 살아온 한 여자가 이렇게 진솔한 마음으로 많은 상처받은 이들을 토닥거려줄 수 있다는 게 정말 놀라운 일입니다. 이것은 상담이론에 대한 지식이 해박하다고 되는 일이 아니고, 나처럼 나이가 많아 산전수전 다 경험했기 때문에 될 수 있는 일도 아닙니다. 오직 박수현이만 할 수 있는 짓흥겹거나 익숙해져서 하는 행동이 절로 멋이 나다-다음 한글사전, Naver 한글사전 참고이 난 것입니다.

박수현은 힐링 터치를 위해, 천부적으로 타고난 포용력과, 남의 고민을 귀담아들을 수 있는 인내심과, 남의 마음을 꿰뚫어볼 수 있는 영적인 예민함을 기본적으로 갖고 있습니다. 그리고 본인은 아니라고 계속 우기지만 논리적이고 체계적인 생각과 글이 만들어지는 후천적 습득은 역시 수학 전공 때문이라고 믿습니다. 머리와 가슴이 수학적으로 잘 훈련돼서, 경우에 일치하는 생각과 글이 나올 수 있도록 내가 제자를 너무 잘 가르쳤다는 자부심을 갖습니다. 박수현! 고맙다!

이 시대의 많은 젊은이들의 혼탁한 마음에, 맑은 생수 같은 희망과 도전을 주는 박수현에게 하나님의 돌보심과 은혜가 충만하기를 기원하며.

Prologue
:

여섯 살 때, 집에서 일어나는 끔찍한 장면을 목격한 나는, 말이 없고 늘 남의 눈치를 살피는 기죽은 아이로 자란다. 초등학교 때, 전학을 오고 왕따를 당하던 나는, 힘을 길러 멋지게 성공하는 여자가 되는 꿈을 늘 꾼다. 타고난 밝고 긍정적인 태도, 그리고 남을 도와주는 것을 좋아하는 성격 때문에 곧 그걸 알아본 많은 사람들이 주위에 모이고, 항상 행복하고 즐거운 생활을 한다.

우연히 영어 강사가 되고 나를 좋아하고 내 애기를 귀담아듣는 학생들이 너무 소중해서 미련할 정도로 열심히 즐겁게 일한다. 16년 동안, 단 한 번도, 일 분도 수업을 하기 싫다고 생각해 본 적이 없으며, 한 명이 등록을 한 반도 늘 정성을 다해 강의한다. 그런 내 마음을 학생들은 깊이 느껴 주었고, 지금도 5년 전, 10년 전에 수업을 들었던 수많은 학생들의 지지를 받고 그들과 연락을 하고 있다.

나를 좋아해주는 학생들, 나를 챙겨주는 중학교 때 친구들, 정말 좋은 재수학원 친구들과 오빠들, 대학교 동기, 선후배들, 나를 보고 싶어 하는 다양한 사람들을 만나며 항상 화려하고 신나는 삶을 살지만, 혼자 있는 시간에 느끼는 뭔지 모를 공허함과 우울함은 내 힘으로는 도저히 해결할 수 없는 숙제였다. 근본적인 외로움을 스스로 해결하지 못하니, 당연히 남자와의 관계도 늘 실패할 수밖에 없었다.

결국. 나 자신이 나의 가장 친한 친구가 되어서 외로움을 함께 극복해보자고 결심. 혼자서 조용히 블로그에 글을 올리기 시작했고, 곧 내 글에 공감하는 다양한 사람들과 깊은 소통을 하기 시작했다. 그들에게 더 진실해지고 싶어서 나의 저 깊이 묻어있던 아픔까지 끌어내서 글을 쓰다 보니 어느덧 너무도 강해져 있는 나 자신을 발견하게 되었다.

나는 박수현이다. 박수현으로 살아온 세월이 많이 부끄러워서, 오랫동안 일부러 잊고 살았던 내 이름이다. 티파니로 사는 게 좋아서, 늘 엘리트였을 것만 같고, 말썽 한 번 안 부려 보았을 것 같은 '티파니 선생님'이란 가면을 벗기 싫어서 한 번도 생각하지 않았던, 그래서 너무 어색한 내 진짜 이름.

이제야 비로소 내 자신을 온전히 이해하고 안아주고 사랑하게 된 나는 지금 여러 가지 문제로 아파하고 있는 사람들에게 도움이 되어 드리고 싶다. 지금 당신이 혼자 겪고 있는 고통과 싸움을 잘 이겨낼 수 있도록 기꺼이 힘을 실어드리고 싶다.

내가 아파봤기에…

블로그에 올린 제 글들을 책으로 편찬하게 된 기적 같은 기회를 제공해 주신 행복에너지 권선복 대표님께 깊이 감사드립니다.

목차

Chapter
1

사랑, 사람

Chapter
2

삶 , 행복

Chapter
3

꿈, 성공

사랑, 사람

2015. 1 멋진 여자가
되기로 결심하다

인간은 끊임없는 관계를 맺으며 살아간다. 그 관계 속에서 기쁨을 얻고, 안정을 얻고 힘도 얻고, 때로는 상처를 받기도 한다.

나는 아직도 인간관계를 어떻게 유지해야 하는지 잘 모르겠다. 부족함과 서툴음이 참 많은 것 같다. 또한, 어떻게 외로움을 잘 극복할 수 있는지도 잘 모르겠다. '외로움을 극복하는 방법', 이건 내가 서른 살 때부터 진지하게 고민해 왔던 문제이다. 어쩌면 우리가 가장 두려워하는 것이 '외로워지는 것'은 아닐까...

젊었을 때는 남자도 만났고, 술을 마시고 친구들과 놀러 다니기도 했다. 삼십이 넘은 후에는 일에 빠져 학원에서 만나는 학생들을 상대하며 외로움을 잊었다. 아니, 덮어버리곤 했다. 물론 남자도 종종 만났고 술도 마셨다. 당장에 혼자 있는 시간에는 내용도 모르는 TV를 켜놓거나 최근에는 SNS를 하면서 순간순간 외로움을 잊을 수 있었다. 그러다 보니 문득 생각이 들었다. 이건 진정한 해결책이 아니라 그냥 단지 임시로 연고를 발라놓은 것과 같다는.

이제 나는 감히 꺼내기 싫었던 내 민낯을 마주하려고 한다. 책 읽는 거 싫어하지만 책도 읽고, 글 쓰는 거 좋아했으니 글도 한번 써보려고 한다. 이 모든 행위들은 나를 강하게 만드는 method들이 될 것이다. 썸남의 카톡을 기다리며 하루 종일 스마트폰을 의식하거나 나를 찾는 친구들의 연락을 기다리며 시간과 에너지는 이제 그만 소모하고, 내 자신이 내 멋진 친구가 되어서 민낯의 나를 만나서 제대로 나를 사랑하는 법을 연습해야 한다. 내가 혼자서 온전히 바로 섰을 때 누군가를 사랑할 수 있는 준비가 되는 것 같다. 내가 내 자신을 많이 사랑하게 되었을 때 다른 사람과의 관계도 비로소 잘 맺을 수 있는 것 같다.

나는 종로의 큰 학원에서 취업준비생과 직장인들을 가르치는 16년 차 영어 강사이다. 무엇을 해야 내가 마음을 기댈 수 있는 나만의 세상을 만들 수 있을까 고민하던 중 진실한 글을 한번 써 보기로 하였고, 2007년에 만들어졌다가 유령이 된 내 블로그를 아무런 상업적인 목적 없이 철저히 사적인 공간으로 운영하기로 했다. 물론 누군가가 이 글을 보고 나라는 사람이 궁금해져서 학원에 등록하다면 환영이다~!

● Remember
지금부터 여러분은 저와 함께 웃고 공감하고 때로는 아파할 준비를 해 주세요.

티파니 드디어 입을 열다:
연애 조언(여자 편)

나 수학과 시절 학교에서 나름 '전설'이라고 불렸던 여자였고, 월화수목금토일 매일 다른 남자하고 밥을 먹던 화려한 때가 있었는데 이제 몸과 마음이 예전 같지 않아 잠시 휴지기를 보내고 있다. 어젯밤 페북에 현아가 연애에 대한 글을 요청한 걸 보고, 난 한창 때의 감정과 기억을 더듬어냈다, 또 요즘 아이들의 트렌드를 반영해서 언니가 연애에 대한 조언을 한번 해보려고 한다. 나 아직 '살아있어야' 할텐데...

난 절세미인은 아니지만 사랑스럽다. 그리고 내가 좋아하는 사람과도 늘 잘되는 편이었다. 요즘 아이들은 소개팅도 자주 하고 웬만해서는 남녀가 잘 사귀는 것 같다. 그러나 아직도 뭐가 뭔지 몰라서 충분한 매력을 가지고도 독수공방하고 있는 우리 아기들, 결혼 안 한 내친구들, 학원에 있는 골드미스 언니들을 위해 이 글을 남긴다. 남자

가 너를 좋아하게 하는 법. 이 글 역시 내가 전문가가 아니라서 생각이 좀 미흡해도 양해 바람

1. 잘 웃어라

너 왜 그렇게 무뚝뚝하고 화나 있니. 네가 아무리 예쁘게 생겼어도 안 웃으면 매력 되게 없는 거 알고 있니? 난 웃음이 헤퍼서 탈이지만. 그래도 그동안 내가 웃고 다녀서 나쁜 일 일어난 적은 한 번도 없었어. 제발 밝게 웃어. 영혼 있게. 너무 싸 보이지 않게. 그리고 그 남자가 뭐라고 말하면 제발 그 말을 먹어버리지 말고, 너한테 A가 들어가면 재빨리 B가 나오는 센스를 키워. 멍 때리고 있으면서 네 예쁜 표정만 신경 쓰지 말고.

난 강의할 때 앞에서 보면 초롱초롱한 눈으로 웃고 있는 학생이 정말 너무 예뻐. 당연한 말인가? 네가 웃으면 남자뿐만 아니라 인생에서도 기회가 많이 올 거야. 너를 예뻐하는 사람들이 많이 생길 거라고.

2. 잘 먹어라

여자는 조금 먹어야 한다고 누가 말했지? 난 잘 먹어야 한다고 생각한다. 돼지같이 먹진 말고, 그래도 최소한 남자가 사준 건 좀 맛있게 먹어라. 비싼 거 혼자 다 시켜놓고 한 숟가락 먹고 배부르다고 뻥

치지 말고. 왜 갑자기 거기 가서 부티를 내고 있니.

물론, 사춘기 소녀일 땐 너무 좋아하는 남자 앞에서 가슴이 떨려서 도저히 음식이 안 넘어갈 때가 있어. 그래도 맛있게 먹는 척이라도 좀 해. 그리고 특별한 일 아니면 너무 비싼 거 시키지 마. 너 얻어먹으러 나왔니? 친구랑 둘이서는 샌드위치 하나 사서 나눠 먹으면서 왜 남자 만나면 파스타에 꼭 오렌지에이드를 시켜야만 하니? 물 마셔라 친구랑 커피 집에 가면 아메리카노 마시면서 왜 남자 만나면 저지방 우유를 넣은 아이스 바닐라 라떼를 마셔야 한다고 하니.

조금 친해진 후에는 오히려 순대국이랑 떡볶이 잘 먹고 캔커피도 잘 마시는 네가 매력적일 수 있어. 하지만 그렇다고 그 남자가 자꾸 순대국만 사주면 그때 말해. 너 오늘은 파스타 먹고 싶다고. 그리고 너도 돈 좀 써라. 특히 소개팅에서. 밥 얻어먹었으면 제발 커피라도 사. 너 웃음을 팔고 밥 얻어먹으러 나온 거 아니잖아. 그리고 확신하건데 그 남자는 저지방 우유 넣은 아이스 바닐라 라떼 안 시킬 거다.

3. 조금은 빈틈을 보여라

연애할 때만은 나는 '페미니즘'에 반대한다. 완벽한 여성의 모습보다는 약간은 허당인 네 모습을 사랑스럽게 여기고 남자는 뭐든 널 감싸주는 일을 하려고 할 거다. 그거 좀 누려. 근데 너무 약한 척은 하지 말고. 음료수 캔은 네가 딸 수도 있다~

그러나 만약, 어느 정도 좋은 관계가 되었을 때 그에게 힘든 일이 닥친다면 너의 강단과 지혜를 발휘해서 그 일을 헤쳐 나갈 수 있게 이제는 네가 나서서 도와줘. 난 알고 있다. 여자가 남자보다 훨씬 잘났고 강하고 똑똑한 존재라는 것을... 역사에서도 많이 나왔지만 이건 우리 학생들만 봐도 백 프로 사실이다!

4. 남자에게 다른 여자가 생겼다고 느껴질 때

지금부터는 심각한 얘기임. 왜 슬픈 예감은 틀린 적이 없나... 너에게 이상한 직감이 온다면 그건 거의 사실일 가능성이 99.999%이다. 일단 잠깐! 네 성질대로 지르기 전에 한 번만 생각해 보자. 그 남녀를 짓밟고 김치싸대기라도 때려야 네 속이 편하고 자존심이 회복될까. 좀 더 냉정히 생각해서. 한번 넘어가 주고라도 그 사람을 잃고 싶지 않을까. 난 김치싸대기 과이지만, 섣불리 행동한 후 후회하고 슬퍼하는 착한 동생들을 많이 봐와서... 용서와 사랑의 힘으로 잘 덮어주고 관계를 계속 유지하든지 속 시원하게 응징하고 한동안 괴로워하다가 멋진 네 인생을 시작하든지는 너의 선택에 달려 있다.

근데 이것만은 기억해 주길. 세상에 바람을 0번 피운 사람과 여러 번 피운 사람은 있어도 한 번 피운 사람은 없다. 즉, 초장에 버릇을 못 고쳐 놓았다면 당장 넌 그 사람을 잃지 않을 수는 있겠지만, 그 친구 언젠가 또 그런다!

5. Dear. 남자에게

　얘들아. 내가 갑자기 여성 공감 블로거가 되어서 남자들 입장에 소홀했네. 나 꼭 하고 싶은 말이 있어. 애인이 있거나 유부남인 남자들아 내 말 좀 기억해줘. 사람은 누구나 실수를 하게 마련이야. 특히 난 술 많이 먹는 사람을 믿지 않아. 자의든 타의든 무의식이든 술을 많이 먹으면 사람은 꼭 한번 사고가 나게 되는 것 같아. 그리고 넌 아마 걸릴 거야. 여자의 직감은 무섭거든.

　근데 너의 와이프가 아님 애인이 어떤 적나라한 증거를 들이대며 널 죄어 와도 절대로 그 과오를 인정하고 잘못했다고 하지 마. 여자는 다 알고 있어도 저 깊은 내면에서는 내 남자가 끝까지 아니라고 해주길 바라고 있어. 네가 정말로 과실을 인정하고 그 여자를 사랑했다고 자백하면 너의 그녀는 더 큰 상처를 입게 될 거야.

　마지막으로 조언을 하나 더 하고자 해. 난 어렸을 때부터 왜 축구선수들은 이혼을 잘 안 하나 궁금해 했었어. 그리고 내가 생각해낸 답은 '그들은 훈련 땜에 집에 잘 없어서'였어. 너무 자주 만나고 늘 붙어 있는 건 결코 좋은 건 아닌 것 같아. 그 남자에게만 의존하고 그 남자 세상에 다 들어가 있고 그 남자친구의 친구가 모두 곧 네 친구인 게 좋은 건 아닌 것 같아. 혹시라도 그 남자랑 잘못되었을 때 그와, 네가 친구라고 믿었던 그의 친구들은 싸악~ 떠나가고 없다. 그때서야 너는 인맥을 새로 구축하려고 시도를 시작하겠지. 간혹 멘탈이 약한 너는 아마도 빨리 새 남자를 찾아 그 자리를 메워버리려는 편리한 구상을 하겠지.

제발! 너 혼자서 온전히 바로 설 줄 알길. 그리고 남자가 안 놀아줘도 충분히 혼자 행복을 느낄 수 있는 네 세상을 만들어 놓길. 그래야만 너는 좋은 사람과의 관계를 건강하게 오래 지속시킬 수 있어. 정 뭘 할지 모르겠고 어디에다 마음 붙일지 모르겠으면 영어 강의라도 들으러 와. 여긴 정말 좋은 사람들도 많고 영어도 늘고 힐링도 돼. 여긴 아주 즐거운 곳이야.

YBM 티파니 검색해 봐...

● Homework
지금부터 주위 사람들을 웃으며 대하자. 가식 없이 밝게. 끼 부리는 웃음은 안 돼!

티파니 한 번 더 입을 열다:
연애 조언(남자 편)

지난번에 제 '연애 조언'을 읽고 남자 편을 준비해 달라고 하셔서서 하나 더 올립니다. 남자들에 비해서 여자들은 남자를 볼 때 많은 걸 따지지 않습니다. 물론 취향별로 '보는 부위'는 약간씩 다릅니다. 어떤 여자들은 키를 보고, 어떤 여자들은 복근을 보고, 어떤 여자들은 어깨를 봅니다. 저는 아직도 얼굴을 봅니다.

'여자들이 좋아하는 남자'는 유형이 많지 않아서 '여자들이 싫어하는 남자'를 규정해 보기로 했습니다. 사실 사람들에게 질문을 하면서 전 조금 놀랐어요. 나뿐만 아니라 대부분의 여자들이 싫어하는 스타일이 똑같네요.

1위 허세남

– 자랑. 떠벌리기 좋아함.
– 강자한테 약하고 약자한테 강함.

나도 몇 년 전 '젊어서 성공한 잘나가는 금융인'을 만나본 적이 있었는데, 편의점에서 일 하는 사람한테 함부로 하는 걸 보고 정이 뚝 떨어진 적이 있음

이런 허세남은 같은 남자들도 싫어함. 연애경험 몇 번 없으면서, 같은 남자한테 자기가 고수인 척 코치함. 나 여자 몇 명 만나봤다~! 이런 식으로 늘 허풍을 떰.

2위와 3위는 애매해요.

술버릇이 나쁜 남자 술 마시면 스킨십 하는... or 배려심 없는 남자
하지만 저 두 개도 그냥 용서가 가능하다고 말하는 여자들이 많네요.

기타 답변이 있어요.

– 커피 마시면서 게임 하면서 담배 피우는 남자 이 모든 걸 동시에 함
– 주위에 남자친구들 너무 많고 돈독한 자기 친구세계 있어서 날
  외롭게 하는 남자
– 효자

그럼 정리해 볼게요. 인기 있는 남자가 되고 싶다면. 여친이 생기

고 싶다면. 그녀를 잡고 싶다면 이제 허세를 버리고 공손하고 배려심
있게 행동하세요.

그리고...

돈 많이 버세요.

이상입니다.

● Homework
남자들. 자기계발 조금만 더 하자. 힘내자!

연애를 시작하려는 남녀에게

-소개팅에서-

남: 주량이 어떻게 되세요?
여(오답 1): 마실 줄 아는 사람이 저 한 잔도 못 마셔요...
여(오답 2): 두 병이라고 하면 날 노는 여자로 보겠지? 소주 반병 정도요...

남자는 네가 소주를 정확히 몇 cc를 마시는지가 그렇게 궁금한 게
아니야. 같이 한잔할 수 있는지를 알고 싶은 거야.

솔직히 나는 한 병, 두 병은 별 의미가 없다고 생각해. 만약 네가
한 병을 마실 줄 안다면, 너는 두 병도 마실 수 있고 세 병도 마실 수
있는 것임. 입을 열고, 술을 붓고 삼키면 되는 거니까. 또 표현 과했으면
용서를... 암튼 너무 내숭 떨지 않아도 될 듯.

남: 좋아하는 음식이 뭐예요?

여(오답 1): 다 좋아해요.

이제부터 남자는 너를 만날 때마다 상당한 부담이 생길 거다. 자기가 메뉴를 혼자 다 정해야 하니까. 근데 뭐를 먹자고 제안해도 늘 시큰둥한 네 표정은 정말... 악~!

여(오답 2): 저는 삼겹살은 비계 땜에 못 먹고요, 멍게 같은 해산물은 징그럽고 비려서 못 먹고... 순대는 역하고... 이건 이래서 싫고 저건 저래서 싫고, 내가 좋아하는 건 blablablabla~~

솔직히 이런 여자들 주위에 좀 있다. 그리고 어떤 음식이 나와도 꼭 흠을 잡고 불평을 한다. 면이 너무 익혀졌다든지 채소가 오래된 것 같다든지... 암튼 그런 애들 앞에서는 맛있게 먹고 있는 내가 민망해진다.

나는 보신탕과 추어탕을 안 먹고, 닭발은 자꾸 닭의 발이 연상되어서 못 먹는다고 생각해 왔는데, 4차에서 내가 닭발을 막 먹는 걸 본 목격자들이 속출! 다음엔 3차에서 한번 도전해 봐야겠다.

Tip 너무 유난은 떨지 말고. 적당히 잘 먹되 네가 좋아하는 음식과 싫은 것 정도는 평소에도 생각을 좀 해놓으면 좋을 것 같다.

-남자들에게-

1. 표현해라

남자들은 '사랑한다'는 말을 아낀다. 심지어 여자친구에게도. 네가 사랑한다고 예쁘다고 많이 말해주면, 여자는 점점 무뎌지는 게 아니라, 그게 차오르면서 또 기쁘다. 조금 더 자주 표현해 줘. 근데 너무 영혼 없이 입버릇처럼 말하는 거는 다 티난다. 감정 좀 넣어주길... 어렵나?

2. 여친이 화났어요

"뭐를 잘못했는지 모르겠어요. 자꾸 말해보라고 그래서 말하면 대꾸도 안 해요. 어쩌다 정답을 맞히면 그걸 아는 애가 그랬냐고 더 성질을 내요..."

여친이 화난 거 이해. 차마 자기 입으로 이유를 말 못하는 거 이해. 어떻게 쪼잔하게 내 입으로 '나 심심한데 너 혼자 다른 사람들 만나서 즐겁게 놀아서.', '나 옆에 놔두고 UFC만 봐서.', '내 약점을 너희 가족한테 얘기해서.' 그걸 말할 수 있겠니.

그리고 네가 맞히든 못 맞히든 화난 거 그거 쉽게 풀어지지 않아. 미안하다고 해도 싫고, 또 네가 더 논리적으로 설명해도 짜증 나. 난 몇 년 전에 만나던 사람한테 크게 화낸 적이 있었는데, 그 친구가 우리 엄마한테 전화해서 자기 어떡해야 하냐고 물어본 적이 있어. 엄마가 그러더래. 그냥 불쌍하게 좀 있다가 그 자리를 일단 뜨라고. 가고 나면 쟤도 마음이 약한 애니까, 곧 안쓰러운 생각에 풀릴 거라고. 역시 엄마는 엄마구나...

여기서 중요한 건 '다시 안 볼 것처럼' 나가는 게 아니라 '의기소침해져서' 나가야 해. 어렵지... 그리고 너무 멀리 가지 말고 몇 시간 있다가 화가 풀리면 쉽게 만날 수 있는 데에 있었으면 좋겠어.

그리고 여자가 다시 가서 자기도 미안하다 그러면, 아무 말도 하지 말고 손을 잡아 주거나 안아주면 됨. 할 수 있겠어?

-관계 말미에-

여자들에게 당부하고 싶은 말이 있어. 헤어지자는 말은 절대 함부로 하면 안 돼. 사실 여자가 헤어지자는 말은 거의 진심이 아니야. 그 속에는 '나 좀 봐줘.', '나 좀 방치하지 마...'라는 절규가 들어있어 바보 같은 남자들아.

근데 말이야. 남자들은 아무 생각이 없다가 여자 입에서 헤어지자는 말이 나오면 그때부터 이별을 신중하게 생각해보기 시작하는 것 같아. 여자가 다섯 번 헤어지자고 해도 그때마다 남자가 달려와서 잡으면, 그건 다 없었던 일이 되는데, 여섯 번째에 이젠 더 이상은 못하겠다고 생각한 남자가 "그래... 나도 미안한 게 많았다. 그만하자." 이렇게 나오면, 그 관계는 이제 끝이야. 회복이 불가능해.

-이야기를 맺으며-

애들아. 나는 외로움도 많이 느껴봤고 아파한 적도 많아. 하지만 그때 고민했던 것들이 힘이 되어서 지금 힘들어 하는 사람들을 공감해 줄 수 있고 함께 울어 줄 수 있게 되어서 정말 기뻐. 때로는 진짜 소중한 건 당장 눈앞에 보이지 않기도 하는 것 같아.

하지만 나에게도 가끔은 나 같은 언니나 오빠가 필요해.

잘 좀 찾아봐...

● Question
당신은 소개팅에 최적화된 인간일까. 아님 소개팅보다는 일상적인 관계에서 더 매력을 발산하는 스타일일까?

연애를 하고 싶으면 남자를 찾아 떠나라

오랫동안 함께했던 관계를 정리하고 나면 혼자인 게 너무 좋을 때가 있다. 지나가는 어느 커플을 봐도, TV에 나오는 사랑스런 커플을 봐도 하나도 안 부럽고, 정말 자유롭고 행복해서 미칠 것만 같은 때가 있다.

인간은 망각의 동물이다. 그 시기가 지나면 다시 연애를 하고 싶다는 생각이 들기도 한다. 하지만 나이가 들어감에 따라 여자들은 점점 이성을, 아니 싱글 이성을 만날 기회가 현저히 줄어든다. 좀 괜찮은 남자들은 일찌감치 누가 다 채 갔다

복권에 당첨되고 싶으면 최소한 복권을 구입이라도 해야 할 거 아니냐고 하지 않았나. 남자를 만나고 싶으면 가만히 있지 말고 얼굴에 뭐라도 찍어 바르고 찾아 나서야 한다고 한다. 공간에 너를 던져야 만

남이 형성된다.

요즘 아이들은 소개팅을 해서 잘 사귄다. 난 이상하게도 소개팅은 별로다. 자연스럽게 만나면 시간이 지난 후 충분히 매력을 느낄 법한 사람인데도, 소개팅에는 왠지 기대를 하고 나가기 때문에 늘 내 기대에 충족이 안 되어서 관찰만 하다가 실망을 하고 돌아온 적이 많다.

술집에서 말 거는 사람도 난 별로다 그나마 그것도 아주 취한 사람 아니면 이젠 말 거는 사람이 잘 있지도 않지만. 일단 그가 어떤 사람인지 검증이 안 되었고, 그렇게 '처음 본 여자한테 말 거는' 기질이 싫다. 어디 가서 또 그럴 거니까.

그럼 어디로 가야 할까.

1. 동문회

예전에 '아이러브 스쿨'이 성행하던 시절 참 말도 많고 탈도 많았다. 다들 첫사랑 만나서 설레느라 기존 관계에 문제가 많이 발생했기 때문이다. '아이러브 스쿨' 조금 그립다. 난 가끔 대학 동문회에 나간다. 각별히 조심한다. 나도 양심이 있으면 이제 학교는 그만 좀 건들자는 생각에. 하지만 학교에서의 '과거'가 없는 사람들은 동문회 이용도 권장.

2. 동호회

요즈음 동호회 많은 것 같다. 좀 격식 있는 동호회와인 동호회나 스포츠 동호회 좋은 것 같다. 난 운동도 못하고, 안 믿겠지만 어른 사람들을 처음 만나면 많이 불편해하기 때문에 난 학생들만 편함 이것도 마땅치 않다. 그리고 결정적으로, 난 와인보다 소맥이 더 좋다. 한 학생이 자기 대학교에 있는 '최고 경영위 과정'을 추천해 준 적이 있다. 거기가면 차 좋고 돈 많은 회장님 아저씨들 많이 온다고. 가서 사교하라고…

3. 교회, 성당

사람들은 교회에서도 좋은 인연을 잘 만난다고 한다. 교회에 나오는 사람들은 좀 믿을 만한 것 같다. 그들은 최소한 '바르게 살겠다'는 마음을 가지고 온 사람들이니까. 근데, 왜 난! 고등학교 때, 대학교 때 매우 유명한 교회를 다녔는데도 아무것도 발견하지 못했을까. 예배 끝나고 성경공부를 안 하고 가서 그런 것 같다. 암튼, 일단은 신앙심이 젤 중요. 다른 목적으로 교회에 나가는 건 불순하다. 근데 절 오빠랑 잘된 사람은 혹시 없나?

최근에 난 블로그를 시작했는데 나를 이웃으로 추가하는 사람들이 비교적 나와 많이 관심사가 비슷하고 얘기가 잘 통한다는 것을 느꼈다. 그리고 최소한, 글을 읽으면 이 사람이 어떤 생각을 가지고 있는지를

도담 도담

알 수 있기 때문에 미리 충분히 파악한 후 좋은 친구가 될 수도 있다고 생각했다.

피곤하고 시간도 잘 안 맞는데... 나는 어디 나가지 말고 그냥 가상 세계에서 좀 더 놀아야겠다. 하지만 지금 누군가를 찾고 싶은 아이들이 용기를 내어서 찾아 나서 보겠다면 같이 가 줄 의향은 있다.

근데... 이거 알아? 솔직히 말하면, 살아보니까 뜻하지 않게 찾아오는 만남이 진짜로 많더라. 굳이 찾지 않아도. 그러니 얘들아 언제 너에게 어떤 만남이 찾아올지 모르니까 항상 경계를 늦추지 마. 너무 후줄근하게 하고 나다니면 안 될 것 같아. 꼭 그럴 때 갑자기 출동할 일이 생겨~!

● Homework
삶이 무료하거나 외로운 사람들은 지금 당장 뭐 하나 시작하거나 등록하자. 동호회라도 가입하자.

연하남, 동갑남, 연상남

1. 연하남

장점

그냥... 황송하다. 이 만남은 분명 내 연애 이력을 화려하게 해 준다. 친구들한테도 자랑할 수 있다. 나 열 살 어린 남자 만난다고. 나 능력자 같다. 주위에서는 어린 남자가 힘세서 좋겠다고 생각하지만 정작 딱히 그건 아닌 듯. 그건 사람 나름

단점

돈 써야 함. 솔직히 처음엔 어린애 만나는 게 신나서 만나는데 솔직히 말이 잘 안 통함. 너무 어려. 귀여운 척하면서 대화하거나 젊어 보이려고 노력하는 내 모습을 보다가 갑자기 짜증이 확 나기도 함. 주책. 내가 지금 대체 뭘 하고 있는 거지 하고. 섭섭해도 화도 잘 낼 수

가 없다. 모성애 컨셉 살려야지 쪼잔해 보이면 어린애 놀랄까 봐. 나이 때문에 분명 내가 하나 지고 들어가는 게 여실함 아, 그리고 자꾸 나이 땜에 놀리면 겉은 웃고 있지만 속으론 점점 쌓여 가는 거 너 알아?

제일 싫은 건 그 아이의 친구와 친구의 더 어린 여친과 함께 하는 자리. 탄력 피부의 조카뻘 여자를 보면 급 위축됨. 예쁜 척하는 어린 여자애야. 너 나 고등학교 때 동네에서 만났으면 감히 쳐다볼 수도 없는 아기였어!

안 되겠다. 아무래도 연상이 낫겠다. 그 세계에 가면 내가 젊은 여자인데. 거기 가서 대우를 좀 받자! 일단 동갑남자 정리 좀 하고.

2. 동갑남

장점

공감대 형성 짱. 헉! 얘 다 알아. 우리, 말이 너무 잘 통해. 그 시절 유행하던 옷, 장소, 노래 뭘 얘기해도 빵빵 터진다. 친구 같고 재밌다. 근데 언제까지 그런 얘기만 하면서 웃고 놀고 지낼 수는 없는 법.

단점

어른 남자의 포근함도, 연하남의 상큼함도 없다. 그리고 뭘 그렇게 날 꼭 이기려고 하는지. 계속 팽팽하게 대립하다 보면 서럽다. 나도 지기 싫어!

장점

마음 편함. 기대고 싶음. 왠지 뭐든 다 아는 것 같음. 맛있는 것도 잘 사줌.

단점

친해지면 역시... 애.같.다.

결론

남자는 다 똑같다. 나이가 많아도, 나이가 어려도. 즉 많은 남자를 만나도 그다지 큰 다양함을 경험할 순 없는 것 같다. 똑.같.다. 그러니 괜히 남자 많이 만나서 소문만 나빠지는 걸 좀 조심하는 게 좋겠다. 나중에 큰 한 방을 위해서. 아직 우리는 보수적인 사회에 살고 있으니까.

마지막으로 남자의 입장도 잠깐 생각해 봐야겠다. 남자는 어린 여자, 동갑 여자, 연상 여자 중 누구를 좋아할까.

정답은...

예쁜 여자.

오빠를 만났다고 너무 징징대지 말고, 연하를 만났다고 어려 보이려고 스트레스 받지 말자.
넌 너다!

07

지금 사랑에 고통받고 있는
20대 여자 아기들에게

1. 결국 타이밍이다

같은 남자를 21세에 만나면 헤어지기 쉬운 운명이지만 28세에 만나게 되면 결혼할 수 있는 관계가 된다. 네 의지와 상관없이 헤어지는 관계가 있고, 불타는 사랑 없이 너도 모르게 상황에 떠밀려 결혼하게 되는 경우도 있다. 정신 똑바로 차리길. 그리고 힘들겠지만 지금 그 사람이랑 잘 안되는 건 타이밍이 안 맞아서 그런 것일 수도 있음을 인정하길.

2. B급 남자한테 차이면 꼭 C급으로 가는 건 아니다

이건 취업준비생에게도 적용됨. B급 회사에서 떨어지면 너 그 아래 회사에만 갈 수 있는 거 아니다. 너는 낙방 후 B회사 물건을 홀로 보이콧하며 욕하고 있는데 갑자기 A급 회사에 합격하는 수도 많다. B회사 임원진 아저씨들은 모르겠지만 그래도 넌 복수한 거다. 만약 널 하찮게 여기는 B 그놈한테 함부로 취급받아도 자존감을 잃으면 안 된다. 바보 같은 그 사람 말고 너의 진가를 알아보는 A급 남자가 분명히 있다.

3. 정말 좋아하는 남자가 네 마음을 안 받아줘?

진심 잘되고 싶으면 10년 계획을 세워라. 당장 끝을 보려고 하지 말고 10년의 시간을 서로에게 주길. 일단 relax! 그 사이에 네 마음은 접히고 없을 거다. 인연이라면 나중에 잘되는 수도 있다. 만약 10년이 지난 후에도 아직도 오로지 그 사람하고만 잘되고 싶으면 그땐 내가 네 손을 잡고 가서 뭐라도 도와주겠다.

4. 대학교 졸업 이후 세상에 순수한 남자는 이제 없다

이제 '최고의 비즈니스'라 불리는 결혼을 놓고 모두가 계산을 시작한다. 나는 아직까지도 인정하고 싶진 않지만 순수한 사랑은 대학교 때 끝난 것 같다. 90%의 사람들은 누구를 만나면 마음속에 있는 계산기를 두드리기 시작한다. 솔직히… 너도 그렇지 않아? 난 여자 아기들도 만만치 않다고 생각하는데...

난 아직도 계산을 안 한다. 철이 없다. 그나마 이런 나랑 코드가 맞는 마지막 순수한 종족은 예술가라고 생각해 왔는데, 건축가 친구의 말을 들어보니 그것도 아니라고 한다. 요즘에는 때 묻은 예술가도 많다고 한다.

5. 외롭다고 아무나 사귀지 마라

사람이 외로우면 순간 잠시 눈이 땅으로 내려오는 듯. 아무리 외로워도 그 외로움과 타협하고 네 커트라인에 못 미치는 아무 남자랑 그냥 사귀지 마라. 그건 정말 너를 낮추는 행위이다. 살아보니까 결국 다 '제 짝'은 있더라. 인연은 40대에 만날 수도 있고, 50대에 만날 수도 있다. 그래도 좋은 값에 잘 가서 잘살고 싶으면 네가 황금기인 20대 때 정말 열심히 찾아보도록 하고 그런 것이 별로 의미가 많이 없는 사람은 집중하고 네 커리어 계발에 힘써라. 기회는 꼭 온다.

– 나 교육자인데 사람들이 내 영어나 인생글보다 연애글을 더 좋아한다. 나 품위를 지키고 싶은데, 이젠 늦은 것 같다.

● Remember
당신은 정말 예쁘고 매력적인 여자다.

반전 있는 여자

그다지 매력이 없어보이던 친구였는데 어느 날 무심히 너에게 했던 하나의 행동에 꽂혀서 한동안 마음이 설렜던 경험 있어? 지금부터 나는 그것을 설.포. 설레는 포인트라고 부를게. 이런 경험이 있으면 공감하고, 만약 없으면 상상해 봐.

1. 썸타는 상태의 남자와 길을 걷고 있는데, 너의 풀린 신발끈을 발견. 아무런 머뭇거림 없이 앉아서 바로 묶어줄 때
2. 차가 오는데 순간 너를 확 잡아 보호해줄 때
3. 진흙탕 같은 데 건널 때 손 잡아줄 때
4. 여러 사람 있는 자리에서 너를 바라보고 있는 그윽한 시선을 감지했을 때 아~ 글 쓰는 내가 다 떨리네...
5. 캔 음료수 먹으려 하는데 와서 따주고 무심한 듯 가버렸을 때
   빨리 가버려! 그래야 더 멋있어!

남자들에게: 주의할 점이 있어. 항상 무심한 듯 시크하게 행동해야 해. 설정이 티나면 안 돼. 어색하면 안 돼. 그리고 차가 올 때 허리를 잡으면 안 되는 여자도 있으니까 잘 판단해. 어깨를 잡아. 근데 살 있는 팔 부분 말고, 뼈 있는 부분으로 잘 골라서 잡아야 해. 마른 여자는 어디를 잡아도 상관없음. 자꾸 많은 걸 요구해서 미안~

남자의 입장

1. 카페나 레스토랑에서 네가 벗어놓은 재킷을 그녀가 다시 잘 정리해서 놓을 때'내 물건을 소중히 여겨주는 여자'라는 기분이 듦
2. 어른에게 잘하는 모습을 봤을 때
3. 네 얘기에 잘 웃어주고 호응, 리액션 잘해줄 때
4. 갑작스런 스킨십여기, 이거 묻었어...이 훅 들어올 때
5. 아예 안 꾸미고 다니던 여자의 한번 확 꾸민 모습을 보았을 때

대부분의 사람들은 스킨십, 배려 등에서 설렘을 느끼는 것 같아. 근데 이것을 다 아우르는 키워드는 '반전'인 것 같아. 별로 기대하지 않았는데 갑자기 예쁜 또는 멋진 모습이 나왔기 때문이지.

생각해 보면 우리 반 아이들이 영어를 배우는 이유도물론 취업, 승진 땜에 점수가 필요하긴 하지 내가 기타를 배우는 이유도 우리가 책을 읽는 이유도 크게 보면 모두 다 반전 매력을 더 올리기 위한 한 수단이 아닐까.

하얀 와이셔츠에 명찰을 달고 일하는 직장인, 공연을 하는 친구의 모습, 운동 경기를 하는 선배의 모습 등에서 우리는 평소에는 깨닫지 못한 설레는 매력을 종종 발견하기도 해.

사람은 자기 일을 열심히 할 때가 제일 매력적인 것 같아. 그러니까 너도 너의 일을 정말로 소중히 여기며 집중해서 열심히 하는 게 좋겠어.

그리고 맘에 드는 이성을 만났을 때 처음에 너무 많은 것을 다 보여주려고 서두르면 안 될 것 같아. 그럼 점점 반전 매력을 보여 줄 확률이 줄어드니까.

● Remember
사람은 자기 일을 열심히 할 때 가장 매력적으로 보인다.

09

남자는 잡은 고기에게 먹이를 주지 않는다

남자는 그의 마음에 쏙 드는 여자를 발견했을 때 구애를 시작한다. 그에게는 지금 아무것도 보이지 않는다. 그의 인생의 0순위는 너니까. 넌 별로 내키지가 않는다. 좀 두렵기도 하고... 여러 가지 생각이 많다. 암튼 복잡하다.

너를 너무 좋아하는 그 남자. 가만히 생각해보면 그렇게 큰 하자도 없고, 너의 커트라인도 넘었으므로 넌 이제 그를 수락하기로 결정한다. 그래 저 오빠랑 사귀자!

교제가 시작된 후 어느 순간. 정신을 차려 보니 네가 그 남자를 더 좋아하고 있다! 그는 이제 네가 0순위였을 때 뒤로 밀어두었던 그의 것들을 하나하나 찾아오기 시작하고 있다. 친구, 자기 일, 가족. 넌 섭섭하고 외롭다. 왜냐면 넌 다 버렸기 때문이다. 친구, 자기 일, 가족.

너에게는 그 남자가 지금 0순위이다. 이제는 그 사람이 너의 일상의 거의 다를 차지하고 있다. 오빠 생각만 난다. 늘 연락이 오는 시간에 안 오면 짜증이 난다. 어쩐지 많이 섭섭하다. 서운함이 쌓이면 성질을 낸다. 그럼 더 매력이 떨어질 거를 알면서도.

남자는 뭐가 문제인지 잘 모른다. 알면 또 귀찮아한다. 점점 너희는 말다툼이 잦아지고 너는 더 외로움을 느낀다. 근데 딱히 헤어질 용기는 없다. 그럼 더 심심해질 테니까.

너무나 많은 커플들이 맞닥뜨리고 있는 문제이다. 그 원인은 남녀의 습성 차이에 있는 것 같다. 남자는 '공감능력이 부족한' 존재이고 여자는 '끊임없이 공감을 바라는' 존재이다. 우선 여자 아기들에게 조언을 하겠다.

1. 꼭 남자친구에게만 다 풀려고 하지 마. 그러게 평소에 미리미리 인간관계를 잘해놨어야지 남자만 생기면 거기에 올인하고 잠수 타니까 네가 답답할 때 얘기 들어줄 친구가 그렇게 없지. 너를 진심으로 이해하고 지지해주는 소울 메이트를 확보해놓고 관계를 잘 다져놓길. 그 친구가 널 필요로 할 때, 시간을 내서 같이 있어줘. 그래야 우정이 쌓여. 참, 근데 너 똑같은 애한테 늘 같은 소리하고, 그 친구가 기껏 조언해줬더니 자꾸 다 무시하면 개도 힘 빠져.

2. 남친이 연락이 잘 안 될 때나, 여자가 있는 자리에 네가 쿨하게 허락하고 내보낸 후, 너 혼자 불안해져서 소설 쓰지 마. 소설 뭔지 알지? 혼자 별별 상상하는 거 나도 소설 많이 써봤는데 -거기에서 이미 그 남자는 바람이 났어- 그 소설 별로 안 맞아. 굳이 상상하면서 힘 빼지마. 진짜 나쁜 일이 일어나면 그땐 아주 큰 직감이 너에게 온단다. 재미있는 책이나 영화 같은 거 몇 개 비치해놔. 자꾸 그 사람 생각이 뇌리에서 안 떠날 때 억지로라도 너를 집중시킬 수 있는 거.

3. 남자한테 너무 잘해주지 마. 그들은 잘해주는 건지도 몰라. 그리고 나중에 네가 잘해줬던 거, 서운했던 거, 쌓였던 거를 다 풀어놨을 때 남자 진짜 놀란다. 상상도 못했던 것들을 네가 그동안 다 계산해 놓아서.

남자들에게

1. 처음부터 버릇을 잘 들여. 일관성 있게 잘해줘야지 처음엔 다 해주다가 나중에 덜하니까 좋은 일 하고도 욕을 먹지. 매일 집에 데려다주기, 직장에 끝나는 시간 맞춰 찾아오기, 이벤트 자주 해주기 등을 너무 좋아하는 마음에 처음부터 다 막 하지 말라는 말이야.

2. 공감 좀 하도록 노력하고 잘해줘. 다른 모르는 여자한테는 그렇게 예쁘게 웃어주면서 여친에게만 귀찮다는 표정 보이지 말고. 네 여친이 지금 잘 몰라서 그렇지 작정하고 헤어지면 너보다 훨씬 더 좋은 남자들 만날 수 있어.

3. 정, 공감하는 게 힘들고 여자친구 얘기 들을 때 어떻게 리액션 하는지 잘 모르겠으면 지금부터 내가 주는 세 문장을 잘 연습해놓고 번갈아가면서 적절히 사용해. 틈날 때마다 연습해서 입에 붙여. 한국말을 이렇게 가르치긴 또 처음이네

1) 그랬구나...
2) 힘들었겠구나...
3) 그 여자 참 나쁘네...

● Remember
연애를 길게 해도 밀당은 계속 필요한 것 같다.

남자/여자,
우린 서로 오해하고 있는 게 있다

남자가 오해하는 여자(나)의 모습

1. 이벤트를 좋아한다

모든 여자가 다 이벤트를 좋아하는 건 아님. 난 이벤트 안 해줘도 돼. 괜히 고생하지 마. 난 좀 불편하고 부끄러워. 그리고 넌 내 깜놀 표정 기대하고 해맑게 웃고 있는데, 난 지금 놀라는 연기 준비하느라 몰입 중이야. 그리고 사실 너 이거 준비하는 거 그동안 계속 다 티났어.

2. 꽃(또는 예쁜 인형)을 좋아할 것이다

그 돈으로... 다른 거 사줘. 보석이나 백을 기대하는 거 아니야. 그냥 그 돈어치, 이만 원짜리 다른 거. 그리고 앞으로 선물 살 땐 절대 혼자 정하지 말고 주위에 있는 여자한테 꼭 물어보고 사야 돼.

3. 아침에 일어나면 바로 샤워를 한다

"밖에 안 나가는 날은 안 씻기도 한다." ⇒ 이거 우연히 말했더니 왜 그렇게 다들 놀라지?

4. 잘 때는 예쁜 잠옷을 입고 잘 것이다

티셔츠에 반바지 입고 침대에 있다고 하니 실망하네... 사실 공주 드레스 잠옷 입고 자면 아침에 배 위로 치마가 홀딱 다 말려 올라와 있어서 나도 민망해. 그러다 감기 걸릴지도 몰라.

5. 그 코맹맹이 목소리는 너의 원래 목소리?

아니야, 여자들이랑 있을 땐 좀 걸걸해져. 근데 개중엔 여자들이랑도 계속 그 사랑스런 톤이랑 말투 유지하면서 '예쁘게 말하는 거' 연습하는 애 있어. 때리고 싶어^^

내가 오해했다가 깨달은 남자의 모습

1. 용감하고 강하다

겁쟁이임. 특히 큰 어려운 일이 닥치면. 그리고 의외로 여려. 슬픈 영화 같은 거 보면서 혼자 잘 울기도 해.

2. 당연 여자가 깨끗하고 청결하다

나보다 남자가 훨씬 깨끗해. 정리정돈 짱이고 군대 효과?. 설거지도 힘이 좋아서 깨끗이 잘함. 냄비나 프라이팬을 뒷면까지 다 닦는 거 보고 문화충격! 난 아직도 뒷면은 패스~!

3. 난 네가 이별할 때 했던 멋진 말들을 믿었다

남자들은 이별 순간에 최고로 멋진 모습을 남기려고 하는 경향이 있다는 걸 나중에 깨달았다.

4. 헤어진 후 술 먹고 전화한 건 나를 못 잊어서 그런 거라고 생각했다

그냥 술 취해서 한 거다.

5. (많이 알려진 사실)진짜 바빠서 연락 못한 줄 알았다

전쟁 통에도 애가 생긴다는데 남자가 너한테 마음이 있으면 무슨 수를 써서라도 연락한다. 괜히, '오빠 너무 바빠서 어떡해…' 하면서 걱정하지 말길. 이 세상에서 제일 쓸데없는 게 연예인 걱정이랑 연락 없는 남자 걱정이다.

100% 주관적인 나의 관점으로 쓴 글임. 저런 나보다 깔끔하고 감동 잘 받는 사랑스러운 여자 정말 많고, 내가 말한 거에 해당 안 되는 강하고 진짜로 바쁜 남자도 많음을 미리 밝혀 둡니다.

● Remember

남자들, 은근 여리다.
무심한 사람들아 연락 좀 자주 하자.

나쁜 남자한테 자꾸 끌리는 나는 변태(?)

주위에 있는 바르고 착한 남자들에겐 매력을 못 느끼고 왜 꼭 나쁜 저 사람을 정복하고 말겠다는 생각이 드는 걸까.

서먹한 모임. 모두가 나한테 잘해준다. 근데 저 구석에 있는 시크한 아이에게 자꾸 신경이 쓰인다. 쟤 뭐 있나? 쟤는 왜 '나한테' 관심이 없고 날 무시하지? 나! 나란 말이야…

우연히 둘이 마주친 찰나. 자기랑 만나 보지 않겠냐고 한다. Yes! 이건 마치 큰 시험에 합격한 기분. 나 선발된 거임. 역시 너도 별 수 없었구나. 자! 드디어 만남이 시작되었다.

근데 이건 외로움과 실망과 자존감 무너짐의 연속이다. 이렇게 내가 소홀하게 다루어질 수가 없다. 약속에 늦는 건 기본. 어쩔 땐 약속 시간이 넘어서 전화해 보면 자고 있다. 새벽까지 친구들이랑 술 퍼 드셨단다. 만나도 대화도 안 하고 카톡하기, 게임하기, TV보기 뭔가에 정신이 팔려있다. 어째 만나면 더 외롭다.

상황을 들은 주위 사람들이 뜯어말린다. 나 '답정너'다. 말리는 친구들의 백 마디의 말은 그대로 귀에서 나가고 끝까지 맴도는 한마디는 날 포기한 친구가 하는 말

"그렇게 좋으면 그냥 만나 봐."

하.지.만. 하다하다 못 해먹겠다 싶어서 드디어 용기를 내어 관계를 끊기로 함. 이젠 내가 내가 너무 안되어 보여 나서고 말았음. 끊음! 걔도 시크하게 받아들임. 이렇게 쉬운걸... 나가서 캔맥주 몇 개 사다 마심. 후련함. 끝!

얼마 후 연락 옴. 몇 달 후 또 연락 옴. 자꾸 한번씩 연락 옴. 애 뭐 있나 끌렸었는데 뭣도 없었음. 그냥 성질이 못된 애인 거임. 딱히 말주변도 없고, 주위 사람 따뜻하게 대하는 법도 몰라서잘 살펴보면 지도 어디서 그런 따뜻한 대접을 받아본 적이 없음 괜히 폼 잡고 틱틱거리고, 지꺼만 하고 있었던 거임. 걔 멋진 애 아님. 한심하고 불쌍한 애임.

이제... 생각이 하나도 안 나. 제발 너, 핑계 마련해서 나한테 연락하는 것 좀 그만해라. 윽~ 생각하기도 싫어~ 한 번만 더 연락하면 죽는다!

그럼에도 불구하고 나쁜 남자를 못 끊어내는 너. 내가 이 블로그에서 백 번 말했는데 너 '심심해서'임. 딱히 마음 붙일 데 없고 연락할

사람 없고, 생각할 사람 없어서 그냥 관계를 지속시켜 놓은 것. 차라리 며칠 몰두할 재미있는 드라마를 한 편 찾아.

빨리 빠져나와. 그 만남이 지속되거나 그런 만남이 반복될수록 너는 점점 자존감도 낮아지고 급도 낮아질 거야. 사람은 잘 변하지 않아. 그리고 네가 그 애를 변화시키겠다고 꿈꾸지 마. 너 할 일 많아. 어서 그 헌 옷을 버려야 새 옷을 사지...

진실하고 착한 것. 너무 소중하고 아름다운 것. 하지만 그런 너의 착한 마음이 오히려 너에게 상처를 가지고 온다면... 마음 굳게 먹고 독해지길. 널 보호하는 데에 모든 힘을 다하길. 조금은 영악해지길. 다시는 소홀히, 함부로 대해지지 않기 위해서. 그리고 좋은 만남이 찾아왔을 때 그 관계를 오래 잘 지속시키기 위해서.

난 이 글을 쓰면서 떠오르는 남자가 두 명 있어. 그때 난 이 사람들이 내 인생에 대체 왜 나타났을까 궁금하고 많이 화가 났었는데, 지금 보니까 이거 해 주려고 나왔나 보네. 나 인기 블로거 되라고 글감 제공.

● Remember
너에게 함부로 하는 그 아이 나쁜 남자도 못 된다. 그냥 한심하고 별로인 아이이다.

연애의 필요악, 술!

대학교 때. 방배동에 있는 한 주점에서 술을 마시고 있었다. 내 옆에는 커플로 보이는 남녀가 두 팀이 있었다. 이쪽에 한 팀, 저쪽에 한팀. 마침, 두 남자가 동시에 화장실에 갔는데, 나는 매우 신기한 장면을 본다.

A팀 여자는 남자가 자리를 뜨자마자 소주잔에 있던 자기의 술을 바닥에 버린다. 억지로 술 먹기 힘들었었구나...

B팀 여자는 남자가 가자마자 병에 있던 소주를 막~ 따라서 세 잔 마신다. 술이 더 필요했구나...

남녀관계에 있어서 빠지면 안 되는 술. 때로는 관계를 연결시켜주기도 하고, 때로는 관계를 깨는 데 결정적인 역할을 해 주기도 하는 술. 파헤치겠다.

Q: 여자가 술 먹고 취한 척하기도 해요?
A: 한다. 걔 자기 친구들이랑 마시면 훨씬 더 마시고도 멀쩡하다.

— 근데 여자들아. 혹시 취한 척하다 걸려도 너무 부끄러워하지 마. 남자들도 귀여운 내숭 이해해.

Q: 남자가 술 먹고 한 말고백은 그래도 좀 믿을 만한 거죠? '취중진담'이라는 말도 있는데...
A: 개수작이다.

— 공대생이 하는 말은 좀 믿을 수도 있다. 그들은, 그거라도 안 마시면 영영 말 못하니까...

Q: 왜 술 먹고 이루어진 관계는 오래가지 못하죠?
A: 자, 기본부터 생각해 보자. 충분히 대화하고 정서적인 교감이 이루어진 후에 마지막으로 사랑을 완성해야 하는데, 몸이 먼저 간 후 사귀기 시작. 그 후에 맞는 점을 찾다 보니 당연 안 맞는 점들이 속속 발견되는 거지. 그리고 여자는 '헤픈 여자'로 보였다는 찜찜한 감정도 계속 있고.

하나 더! 여자가 아무리 정신줄 놓게 마셨어도, 몸 못 가누게 마셨어도 싫어하는 남자 거부할 정신은 있어. 남자들아. 네가 뭐 시도했는데 만취한 그녀가 기어이 정신 차리고 혼자 집에 가면 그녀의 무언의 메시지를 알아들어줘. 나 너 진짜 싫어!

하지만 너를 조금 수락하면 그건 헤픈 거 아니고 사실 마음이 있었던 거야.

술에 취하지 않는 건 정신력도 많이 작용한다. 함부로 너를 놔버리면 안 된다. 본인이 취하는 시점을 잘 알고 있어야만 그 자리를 더 즐길 수 있고 중요한 일도 성사시킬 수 있다.

유리구슬 같은 여자 VS 청테이프 같은 여자

A: 쌤은 왜 남자친구랑 헤어졌는데도 그렇게 살을 빼세요?
B: 살 빼고 예뻐져서 걔 앞을 지나가려고.

헤어진 후 네가 할 수 있는 최고의 복수는 예뻐지는 것이다.

난 인생의 어떠한 나쁜 일도 그냥 일어나는 건 없다고 생각한다. 모든 일이 일어나는 데에는 이유가 있다. 다만 그 일을 자기 발전의 계기로 멋지게 승화시키느냐 아님 그냥 슬퍼하며 시간과 에너지를 소모하고 끝내느냐는 철저히 너의 역량이다. 심리학에선 이걸 '성숙한 방어 기제/미성숙한 방어 기제'라고 부른다

현재 남자친구가 있는 사람은 그에게 긴장감을 주도록 항상 노력해야 한다. 남자는 네가 손 위의 유리구슬처럼 느껴질 때 너무 예쁘고, 언

너에게 더 집중한다. 여자도 마찬가지다

네가 착 달라붙어서, 아무리 팔을 휘저어도 멀쩡히 붙어 있는 청테이프같이 느껴진다면 넌 매력이 없다. 너한테 신경을 안 써줘도 잘 붙어 있으니까. 아니, 좀 지겨울 수도 있겠다. 그래서 밀당이 필요한가 보다. 나는 밀당을 매우 못하는 여자이지만 요즘 들어 내 글을 쓰면서 나도 공부하고 있다.

그럼에도 불구하고 밀당에 자신이 없는 사람, 이미 '을'이 되어버린 여자, "넌 그냥 친구로밖에 안 느껴져."라는 말을 들은 여자, 아직 상대는 없지만 미리 예습을 하고 싶은 아기들, 헤어진 그 사람한테 복수하고 싶은 아기들을 위해, 그리고 내 자신을 위해 '매력적인 여자' 가 되는 법을 함께 연구해 보고 싶었다.

1. 예뻐지기

살 빼자. 사실 이런 거 권유해야 하는 이 사회가 싫다. 난 외국에 있을 때 63kg이었는데도 영국 남자는 나보고 '작은 새little bird' 같다고 했다. 한국 여자들은 너무 말랐다. 그러니 어떡해. 살 빼야지. 세상에는 맛있는 음식이 너무 많지만 좀 참자. 마음을 독하게 먹고.

　－ 나에게 어울리는 깔끔하고 우아한 패션 스타일과 메이크업, 헤

어 스타일을 관심을 가지고 생각하자. 너무 과하진 않게.

– 바른 자세, 정감 있는 말투, 고급스럽게 웃는 연습도 하자. 꼭 남자 아니라도 모두에게 사랑스런 여자가 되기 위해서.

– 그러나 꾸밈이 없어야 하고 털털해야 예쁘다. 어렵다.

2. 실력 쌓기

책 읽고 공부하자. 내가 화려하게 살면서 외모만 가꾸던 이십대 초반 사진을 보면 정말 날씬하고 예쁘지만진짜야, 눈빛이 멍해서 싫다. 많이 생각하고 읽고 공부하면 네 눈빛과 분위기가 바뀐다. 일이 있는 사람은 정말 정성껏 열심히 일해서 아무도 범접할 수 없는 너만의 커리어를 갖자.

3. 성격

남을 배려하고 모두에게 예의를 갖추고, 항상 자신감이 있지만 겸손한 사람이 되자. 항상 상대방 얘기 잘 듣고, 공감하고 이해하려는 노력을 좀... 남자도 자기를 이해받고 공감받고 싶어 하는 존재이다. 이 사람들이 말을 안 해서 그렇지.

– 나는 남한테 관심이 없는 편이다. 남 탓이나 상황 탓도 잘 안 한다.

이건 참 내 발전에 있어서 좋은 태도인 것 같다. 난 늘 오로지 나한테 집중해서 문제점과 해결책을 찾아낸다.

　– 네가 정말 매력적인 사람이 된다면, 주위에서 너를 다 좋아하고 너와 얘기하고 만나고 싶어 할 것이다. 그럼 아무리 네가 '을'처럼 붙어있는 청테이프일지라도 그 사람도 너의 진가를 알아보고 너를 소중하게 대할 것이다. 안 그럼 다른 사람들이 떼어가 버릴 테니까.

　– 참, '나는 나대로 살래. 이렇게씩이나 노력해서 다른 사람이 되고 싶지는 않아. 그냥 나 있는 그대로를 좋아해주는 사람 만날 거야.' 라고 생각하는 사람들은 내 말을 무시해도 좋다. 난 그런 스타일도 열렬히 지지한다!

● Homework
이번 달에 읽을 책 선정하기. 꼭 읽기.

카카오톡 필살기

<천기 누설> 카톡 스킬!

사례 1 (2015년 1월 어느 날)

나: 얘들아~ 나 이 오빠를 좀 만나야겠어. 뭐라고 카톡을 보내면 좋을까. 빨리 예쁜 문구 좀 생각해줘. 빨리!

정환이, 지웅이: 음... '오빠 토요일 날 뭐해요?', '오빠, 토요일 날 만나요.', '토요일 날 보고 싶어요.'

나: 더 생각해봐. 싸 보이지 않는 예쁜 문구 말이야!

정환이, 지웅이: ...

나: 아니다. 내가 괜한 걸 시켰다. 세상에 예쁜 문구는 없어. 예쁜 여자가 하는 말이 예쁜 문구인 거지...

정환이, 지웅이: 정답~!

사례 2

종택이: 쌤, 오늘 학원에 오는데요. 지하철에서 제 옆에 앉은 여자가 두 남자한테 동시에 정신없이 카톡을 하는 거예요. 양다리였어요.

나: 선생님 말투로 종택아. 남의 카톡은 왜 봤어?

종택이: 그냥... 보여서요... 근데요. 저도 예전에 여친한테 카톡을 보내면 꼭 몇 분 있다 답장이 왔는데, 지금 생각해보니 의심이 돼요. 그 친구도 양다리였을까요?

나: 그건 아니야. 그냥, 바로 답장 보내면 없어 보일까 봐, 몇 분 억지로 시간을 끌다가 보낸 거야.

여학생들: 맞아!

사례 3

블로그 애독남: 비밀 댓글에서 하나 더 질문할게요. 카톡을 보냈는데 오랫동안 답장이 없으면 암묵적 거절인거죠?

나: 일반적으로는 그래요. 저도 소심해서 답이 안 오면 상처를 받는데 아주 간혹, 정말 깜박 잊고 답을 못한 경우가 있더라구요. 괜찮다면 자존심 낮추고 한 번만 용기내서 다시 톡해보고 그래도 안 오면 바로 접는 걸로.

블로그 애독남: 그렇게 해 보겠습니다^^ 너무 고마워요. 명쾌하네요!

카.톡. 손안에 있는 작은 대화창. 사람을 울게도 했다가 웃게도 했다가 마음 졸이게도 하는 중독성 강한 현대인의 필수품. 난 한동안 '말이 없는 남자'를 좋아했고 그 남자와 카톡을 주고받으며 몇 가지를 깨닫게 된다.

사람들의 카톡 확인하는 시간과 답장하는 방식은 다르다는 걸 인정하자. 어떤 사람들은 카톡을 끼고 살고, 그한텐 어떤 글을 보내도 순식간에 1이 없어지며 어떤 사람들은 스마트폰을 저기에 던져놓고 2~3일 있다가 한 번씩 확인하기도 한다. 나는 수업 중에도 바로바로 확인하는 편이지만 답장은 몰아 놨다 쉬는 시간에 받은 순서대로 한다.

어떤 사람들은 꼭 받은 거에 대해서 답을 다 하고, 받은 만큼의 분량을 채워 보내지만 어떤 사람들은 딱히 받은 내용에 대꾸할 말이 없으면 씹기도 한다. 나는 최대한 친절히 답을 하는 편이기 때문에, 모두가 나와 같다고 생각. 내가 길~게 몇 번을 보냈는데도 답이 없으면 의기소침해졌었는데 이제야 깨달음이 왔다. 저쪽은 내가 겨루고 있는 것만큼 나와 경쟁을 하고 있지 않다는 거. 즉, 답이 없으면 네 차례가 아니더라도 또 보내도 괜찮다. 계속 답이 없으면 이젠 눈치껏 끊자.

하나 더. 어떤 이모티콘을 쓸까. 몇 분 있다 '1'을 없앨까. 샤워 좀 하고 나서 그동안 애 좀 태운 다음에 답을 보내야지... 등등의 이 모든 일련의 작전은 어쩌면 너 혼자 게임을 하고 있는 것일지도 모른다. 그 친구는 연연하지 않고 있는데...

말을 시키기 위해서, 답을 받아내기 위해서 나름 계발한 방법들이 있는데 처절하다

1. 질문형식으로 말 걸자. 자기도 사람이면 답은 하겠지. 계속 답이 없으면 눈치껏 끊자

2. 톡을 쓸 때는 그 사람이 호기심을 일으켜서 뭔가를 말하지 않고서는 못 베기게끔 한다. 고도의 기술을 사용해서 그 사람의 관심을 끌고 입을 열게 하는 것이다. 개인적으로 문의 환영~! 주제는 만남, 고백 등의 속 보이는 부담스런 주제가 아니라 전혀 상관없는 담백한 걸로. 이걸로라도 좀 튕기자. 이미 '갑' 자리는 다 내준 것 같은데...

3. 네 얘기를 주저리주저리 하지 말고 핵심만 하자. 많이 말하고 싶은 거는 블로그나 일기장을 이용. 혼자 말한다. 항상 주인공은 '네'가 아니라 그 '상대'이다. 즉, "나 점심으로 돈까스 먹었어." 가 아니고 "점심 먹었어?" 이렇게...

너무 말하고 싶은 게 많은 나는 얼마 전 줄줄줄 혼자 톡에다 말하고 다음 창에 "이건 분명 읽씹이다." 이렇게 썼다. 못 씹더라.

● Remember
답장이 안 와도 초조해하지 말고 다른 것에 몰두할 수 있는 집중력을 기르자.

공대 남자, 인문대 남자, 예체능대 남자

1. 공대 남자

단점

공감능력 부족. 3초 만에 답을 내주려고만 한다. 그놈의 해결책! 여자는 위로를 받겠다고 얘기하나 남자는 어떻게든 해결하려고만 한다. 이론을 댈 때도 있다.

재미가 없다. 썰을 잘 못 풀어. 당연하지 평생 썰 만들 일이 없었으니까.

여자가 주변에 너무 없으니까 너무 몰라. 여자들은 뭘 좋아하는지. 어떻게 대해야 하는지. 암튼 주위에 여자가 없으니 많은 공돌이들은 밖으로 여자를 찾아 나선다. 근데 숫기가 없어서 막상 여자를 만나도 말을 못해. 그래서 매력을 어필할 기회를 또 놓쳐. 아~ 뫼비우스의 띠를 또 그려야 하나.

숙제, 과제 후 → 피씨방 or 당구장 or 술 → 끝!

잠깐! 그래도 그 와중에 가뭄에 콩 나듯이 타고난 유머감각이 있는 사람들이 있어. 다정다감하고 잡지식 많은 돌연변이 있어. 그 외는 다 노잼.

단점 하나 더!

옷을 못 입어. 과 잠바나 추리닝 말고 다른 옷도 입어줘. 옷 말이야.

장점

여자 문제로 속 썩이는 일이 거의 없다. 단순하니까. 어찌 보면 정말 순수하고 착하다.

한 번에 두 가지 잘 못함. 연애하면서 공부 잘 못함.

공대 남자 진짜 진국. 결혼 상대로는 최고! 게다가 기술이 있으니 먹고는 산다고 함.

조언

공대 남들은 처음에 훈련조련을 잘 시켜놔야 함미안~. 진짜 얘네 아무것도 모르기 때문에 하나하나 다 알려줘야 함. 네가 왜 화났는지. 어떻게 풀어줘야 하는지. 그거 가르쳐 주다가 너 인내심 폭발할 수도 있어!

2. 인문대 남자

매너 있고 행동 다정다감, 좀 능글맞을 때도 있지만

진짜 여자에게 잘함. 얘기를 잘 끌어내는 능력이 있고, 잘 들어줘. 걔한테 얘기만 해도 이미 해소가~

패션은, 그래도 꾸미긴 꾸밈. 같이 다니기 너무 창피하지 않음.

주위에 너무 여자가 많아. 그놈의 아는 동생, 누나들! 왜냐면 모든 커리큘럼이 여자와 함께 진행되어서 그래. 팀플도 여자들이랑, 영어를 배우러 가도 여자들. 그래서 사실 얘네는 누구에게나 다정다감한 것이었음.

아, 말싸움을 안 지려고 해. 말발 너무 세

3. 예체능대 남자

감정 기복이 좀 심해. 예대

이상한 미안~ 자기 세계 있어. 예대

자기중심인 사람들이 많은 편. 남 생각 잘 안 해.

가끔 허세나 자뻑이 있는 친구도 있어.

놀 줄 알아.

욱 해. _{체대}

돈 있는 집 아이들도 좀 있고.

장점

근데 그럼에도 불구하고 이 모든 단점을 참아 낼 수밖에 없게 해주
는 장점이 하나 있어.

잘 생겼어.

몸이 좋아. _{체대}

<u>결론</u>

1~2학년 때는 예체능대 남자, 3~4학년 때는 인문대 남자를 만나
보고, 기회가 되면 의대 남자도 만나보고 졸업 후에는 공대 남자를 찾
아 결혼하는 것이 이상적이라는 여자들의 생각.

이 포스팅 욕먹을까 봐 조금 불안함. 그런 너는 얼마나 잘나서 남을
평가하냐... 그러면 할 수 없음. 그래도 나 인문대, 이공대, 예체능대
다 다녀봤고, 졸업한 이후에도 인문대, 공대, 예체능대 아기들 16년째
보고 있으니 함부로 말하는 거 이해해 주기 바람.

● Homework
당신의 전공은? 그 전공의 사람에게는 기대할 수 없었던 '반전 매력'을 키워보자. 내 전공은
수학이다.

30대 이후의 여자는
어떤 남자를 만나도 외롭다

20대 때는 주위에 모두가 싱글이라 교제의 기회도 많고 친하게 지내는 이성친구도 많다. 30~40대는 다르다. 난 문득 30~40대의 여자가 누구를 만나도 마음이 허할 수밖에 없는 이유를 정리해 내고 싶어졌다. 남자 '관계도'를 그리면 명확해질 것 같았다.

1. 결혼한 여자: 결혼한 여자 주위의 이성은 다음 네 부류이다

(1) 남편
(2) 불륜남
(3) 순수 이성친구
(4) 연예인이나 동네 한의사, 수영 강사 등을 짝사랑.

(2)번은 큰일 나고 (3)번을 자주 만나는 것도 남편한테 눈치 보여. 그렇다고 (1)번만 바라보자니 외롭다. 남편은 이제 그냥 가족인데... 가족끼리 뭘 하겠다고... 그래서 대부분은 안전한 (4)번을 선택한다. 마치 '동방신기'를 보러 한국에 오는 일본 아줌마들처럼.

2. 결혼 안 한 여자 or 다녀온 여자 : 이 여자들이 만나는 남자는 다음과 같이 분류된다.

(1) 잠을 자는make love 사이

(2) 잠을 안 자는 사이 ⇒ 특별한 행사나경조사, 송년회 비즈니스상의 만남이 아니면 이 부류의 친구들하고는 일 년에 1~2번 혹은 그 이하로 만난다. 별로 더 볼 일이 없다.

그렇담 잠을 자는 사이를 다시 분류해 보자.

A. 한 번 잔 사이 ⇒ 실수. 그 후 다시는 안 본다.

B. 한 번 잔 사이 & 그 후에도 정색하고 봐야 할 사이 ⇒ 첨엔 너무 어색하지만 그래도 극복하고 봐야 한다. 고도의 연기력이 필요.

C. 여러 번 잔 사이: 그러나 사귀지는 않음허무. 의미 없다

D. 여러 번 잔 사이+사귐: perfect

자. A~C 관계는 한국 정서에 맞지 않아. 내가 또 그렇게 쾌락만을

추구하는 여자가 아닌데. 망신스러움. 내가 싸 보이는 기분. 상처를 받기도 한다. 그래서 아예 남자를 안 만나거나 열심히 D를 찾는 여자들이 30대 이후에는 속출.

아무도 안 만나면 당연히 외롭지만 근데 또 용케 D를 만나서 결혼을 해서 저 위에 1번 여자가 되면 다시 또 외로워짐. 정리해놓고 보니 이건 또 무슨 뫼비우스의 띠도 아니고, 누굴 만나도 결국은 외롭고 공허한 게 인생이네.

인간은 누구나 고독하고 외로운 듯. 애인이 있어도 외롭고, 남편이 있어도 외롭다. 남친이 생겨서 좋은 건 석 달 정도. 도파민 분출이 다 끝나고 콩깍지가 벗겨져서 단점이 보이기 시작하면 또 그 남자가 별볼 일 없어지기도 한다. 안 그런 사람도 있어. 미안

그러니 또 우리는 부지런히 우리를 몰두시킬, 행복하게 만들어 줄 것을 찾아내어야 한다. 그래야 근본적인 외로움이 해결될 수 있어서 여유를 가지고 관계들을 맺고 잘 지속시킬 수 있을 것이다.

● Remember
지금 남자친구가 없어서 외롭다고 생각하는 여자분들은 이 표를 잘 보고 인지하자. 누구를 만나도 다 결국은 저렇다.

30~40대 남자들도 외롭다

 이번에는 용기를 내어 어른 남자 입장을 써보려고 한다. 이쪽은 '미개척 분야'이다. 내 말은, 30~40대 남자들 분명 회한과 외로움이 많은데, 그동안 아무도 건드려 주지 않았다. 나 또한 잘 풀어낼 수 있을지... 자신은 없다. 어쩌면 그들은 우리나라 사회 제도에 따라 아무 불평 없이 묵묵히 일만 하는 사람들인 것뿐만 아니라 그 속마음을 말도 못하는 더 불쌍한 사람들일지도 모른다.

 이번 주제는 사실 나도 source가 없다. 왜냐면 남자들은 자기 사생활에 대해 입을 여는 것을 좀 꺼리기 때문이다. 그래서 내 또래의 어른 남자들을 만나면 종종 대화가 겉돈다. 부인이나 자식을 밖에서 자랑하면 팔불출이라고 하지만, 만약 욕하면 그건 더 찌질한 사람 취급을 받는다. 가정 문제를 드러내자니 쪼잔한 남자가 될 것 같고, 일에 관한 고민 또한 자신의 약한 모습을 보이게 될까 봐 속 시원히 털어놓지도 못한다.

그래서 지금부터 30~40대 결혼한 일반 남자의 고통을 내 맘대로 풀어볼까 한다. 틀려도 너무 화내지 말길. 어디까지나 이건 주워들은 것+내 상상임.

〈30~40대의 회한〉

1. 연기를 하며 살아야 한다

당신들도 충분히 철이 없고 아직도 귀여운 면이 있는 사람들인데, 아빠 연기, 가장 연기, 과장님 연기를 하며 의젓하게 행동해야 한다. 힘든 일이 있어도 집에 와서 징징댈 수도 없고, 그렇다고 친구들한테도 우는 소리는 더더욱 못 한다. 30~40대 남자들도 보호가 필요하고 의지할 곳이 필요한 약한 사람들이다.

2. 인생이 재미가 없다

당연하다. 그동안 정해져 있는 틀에 맞추어서 달려만 왔기 때문일 것이다. 아마 다른 여자를 만나보고 싶은 마음도 가끔 생길 것이다. 새 여자가 좋은 건 특히 남자의 본능이다. 분출할지 그냥 삭일지의 차이가 아닐까... 크게 사고는 못 치고, 괜찮은 젊은 여직원이나 회사 동료office wife란 타이틀을 부여받은 여자와 합법적인 테두리 안에서 건전한 소통과 약간의 상상을 하면서 소극적으로 욕망을 해소한다... 이건 시간이 지나면 자연스럽게 해결됨.

혹시, 철없는 여자가 그 관계를 심각하게 여기기 시작하면, 이제는 나서서 잘 마무리하는 역할도 남자가 한다. 가정은 지켜야 하기에. 좀 더 적극적인 분출이 필요한 분들은 전문적인 여자를 만나서 대화하면서 마음의 위안을 얻기도 하고, 더 솟구치시는 분들은……

참으세요…

3. 게다가 힘도 없다

10대 때랑 20대 때랑은 다르다. 그동안 힘을 다 써서 그런 것일 수도 있다. 암튼 기력이 떨어진다. 하지만 문지방 넘을 힘은 있다. 그 힘은 새로운 여자를 봤을 때만 난다. 집에서 지어준 보약을 먹기는. 두렵다. 아… 나 진짜 못하는 말이 없네… 남자들도 뭔가, 자신을 행복하게 만들어 줄 수 있는 걸 찾아봐야 할 것 같다. 우리나라에는 참 없는 것 같다.

(1) 술과 담배는 조금 줄이는 게 좋을 것 같다. 왜냐면 나중에까지도 오래 그것들을 즐기기 위해서.

(2) 운동은 참 긍정적인 방법인 것 같다. 근데 난 골프가 과연 인생에 도움이 많이 되는가는 아직 잘 모르겠다. 시간을 너무 뺏는 것 같다.

- 지난번 포스팅이 대박 나고 나는 많은 '서이추' 신청을 받았다. 블로그 시작한 지 한 달 사이에 꽤 유명해진 것 같다. 그런데 놀라웠

던 건, 정말 많은 사람들이 30~40대 남자였다는 점. 남자들이 블로그를 많이 하는구나...

(3) 여가 시간을 자신만을 위해서 독서, 블로그, 휴식 가족과 함께, 친구들과 함께, 자연과 함께. 이런 식으로 잘 분배해서 사용해 보면 공허한 기분이 좀 나아지지 않을까. 하지만 만약 내가 남자라면... 난 싱글로 살 것 같다. 난 정말 멋지게 살 수 있을 것 같다.

● Remember

젊은 시절. 정신없이 바쁘고 미친 듯이 일만 하며 달려갈 때는 마음이 이렇게 허하진 않았겠지요. 어쩌면 지금 살 만해 지니까 여러 가지 감정이 떠오르는 것일 수도 있어요. 분출할 수 있는 것을 찾으면 좋겠고, 사회에서 보여지는 모습 말고 진짜 모습을 편하게 보일 수 있는 친구를 찾기를 바랍니다.

외로움에 지쳐가는 남자들에게
(모쏠 탈출 프로젝트)

　모태솔로인 여자들이 모두가 안되어 보이는 건 아니다. 그중에는 간혹 정말로 연애를 하고 싶은 여자들도 있지만, 의지가 없거나, 귀찮거나, 연애_{결혼}에 대한 환상이 있거나 혼자인 지금이 너무 편하고 익숙해서 그냥 그대로 놔둬도 잘살 것 같아 보이는 경우가 많다.

　남자는 다르다. 오랫동안 혼자 지내서 외로움에 지쳐가는, 특히나 25세 이후의 남자들을 보면 마음이 짠하다.

　남자 입장 정리하겠다! 모쏠인 남자들은 특징이 있다.

－ 외모에 전혀 신경을 안 쓴다.
－ 공감능력이 현저히 떨어진다. 유머 감각이 없다. 아니, 감각 sense－눈치도 없다.

– 여자가 있는 곳에 가 보지 않았다. 남자들하고만 잘 놀고 어울린다.

고치자!

1. 외형 고치기

초록색 셔츠에 자주색 바지는 노! 노! 패션 센스가 없으면 제발 민무늬, 단색을! 색깔 선택 자신 없으면 무채색. 무채색. 무채색! 바지 옆에 뭐 달려있지 않은 그냥 깔끔한 거 입어줘. 멋 못 내면 그냥 깔끔하게! 머리도 왁스 잘 바를 자신 없으면 그냥 깔끔. 어차피 남자들 기본 외모 다 비슷함. 저것만 바꿔도 사람이 달라짐.

2. 여자 다루는 법 익히기

소개팅에 나갔거나 여자를 만날 기회가 생기면 일상적인 이야기를 해. 너만 알고 있는 전공지식, 네 일 얘기만 하지 마! 말재주가 없으면 차라리 입을 다물고 미소를 지으며 그냥 끄덕끄덕만 해. 제발 부탁해!

* 내가 처음 어학연수를 갈 때 영어를 못할까 봐 걱정을 많이 했단 말이야. 그때 내 친구 준구가 필살기를 하나 가르쳐줬어. 외국인이 말할 때 어려운 단어나 중요한 단어라고 생각되는 걸 한 개 캐치해서

반복하라고.

예를 들어

A외국인: I ate an apple this morning.
B나: Oh, apple?

이렇게.

우리의 작전은 꽤 잘 맞았어. 어느 날 내가 너무 어려운 단어를 하나 반복했는데, 네가 그런 단어를 어떻게 아냐고 모두가 감동해서, 사실 모르는데 친구가 시킨 대로 반복한 거라고 했더니 다들 그거 brilliant idea라고 감탄했어.

응용하자!

A여자: 나 어제 지영이랑 공원에 갔는데~
B남자: 아~! 지영이? 또는 아~! 공~원?

- 듣고 싶은 얘기만 듣지 말고 상대가 하고 싶어 하는 얘기를 끌 어내.
- 질문을 하는 것도 좋은 방법.
- 유머를 키우라고 하고 싶지만, 그건 너무 위험해서.

괜히 유머집 읽고 따라했는데 분위기 어색해지면... 윽~ 내가 다 부끄러워! 슬픈 경우를 많이 봤어. 그냥 일단은 미소 연습부터...

3. 여자 있는 곳에 좀 가서 현실을 파악해

그들의 습성을. TV에 나오는 예쁜 여자들이 일반적인 평균이 아니야. 현실의 여자들을 익히고, 그녀들에게서 매력을 찾아. 참, 연애문제 상담은 이성과! 똑같은 사람끼리 고민해봤자 땅만 파고 있지 해결책이 나오지 않아. 설마, 상담할 여자 하나도 주위에 없는 건 아니겠지? 설...마...

맺으며

일반적으로 모쏠인 남자들은 너무너무 착해. 그렇지만 그걸 고치라고 말하고 싶진 않아. 그건 정말 예쁘고 매력적인 거니까. 그러니까 그걸 알아봐주는 한 사람을 기다려. 아님 찾아 나서자. 분명 진국을 알아보는 여자는 있어.

내가 말한 것들 땜에 화났으면 미안해...

● Homework
주위의 모쏠 친구에게 손길을 주자. <시라노 연애 조작단>처럼. 그 친구가 한 번만 누구를 사귈 수 있게 도와주자. 그 다음부터는 너의 도움 없이도 알아서 잘할 것이다.

오래 사귀지 못하는 사람들

1. 대학 시절

　내가 먼저 좋아했다. 그 친구도 곧 마음을 열었고, 우리의 1일이 시작됐다. 어느 날 그 친구가 새벽에 보고 싶다고 전화를 해서 난 부모님 몰래 빠져나와서 그의 집 앞까지 간 적이 있다. 집 앞에 도착했는데, 잠들어 있어서 난 얼굴도 못 보고 돌아왔다. 다음날 아침, 너무 놀란 목소리로 눈뜨자마자 전화한 그 아이는 "정말 미안해!"라고 말했다. 난 성질을 꾹 참고 "밥은 먹었어~?" 이렇게 착하게 대답했고, 그 이후 그 애는 나를 정말 더 좋아하기 시작했다.

　근데... 내가 이미 수명이 다해버렸다. 너처럼 대단한 애 말고, 항상 옆에서 날 챙겨주는 착한 새 남자에게 더 마음이 간다. 나 수명이 닳고 있을 때 에너지 좀 주지... 이젠 너무 늦어 버렸다...

　– 연애 중에도 타이밍이 중요. 서로 좋아하는 때가 안 맞을 수 있다.

2. 개차반인 남자

이런 부류의 사람들은 생리적으로 여자에게 잘해주지 못한다. 누구를 정말 좋아하다가 막상 사귀게 되면 너무 함부로 하고 방치한다. 그래서 항상 금방 끝난다. 다음번 여자랑은 더 금방 끝난다.

3. 질리는 여자

진짜 예쁜데, 막상 사귀면 남자한테 너무 의지하거나 간섭을 해서 숨통을 죄어 온다. 그렇게만 안 하면 정말 매력적일 텐데... 스스로 자꾸 제 무덤을 판다. 참, 예쁜데 대화가 안 통하는 여자도 있다. 남자가 말하면 다 먹어버리는 스펀지 같은 여자~

4. 상상과 다른 경우

'저 사람은 늘 멋있을 거야. 정말 남자다울 거야.'라고 생각하지만 막상 가까워지면 심하게 여성스럽다거나, 행동이 좀 별로라거나, 마마보이라거나. 암튼 깰 때 있다. 남 말할 때는 아닌 것 같다. 나도 아마 이 부류가 아닌가 싶다. 내 이미지만 보고 상상하다가 실제 만난 후 철없는 나를 보고 실망하고 떠난 사람들이 조금 있는 것 같으니까... 이젠 품위를 지키겠다!

5. 항상 exciting한 것을 추구하는 사람

단조로운 거 못 견디고, 항상 만남에는 뭔가 특별한 일이 있어야 한다고 생각하는 사람. 하다못해 재미있는 대화라도 있지 않으면 재미없어지는 사람. 그리고 좋아하는 게 생기면 확 타올랐다가 쉽게 질리는 성격.

- 개인의 능력은 달라도 큰 비전은 같아야 회사가 잘될 수 있듯이, 서로 관심사나 성향은 달라도 추구하는 큰 목표가치관, 세계관가 비슷해야 그 관계가 잘 유지된다고 한다.

- 2월에 '오래 사귀는 사람들'의 비결을 정리해보려고 하다 접었다. 그들은 너무 평범하고 진부한 얘기만 했다. "그냥, 잘 맞아서 그래요.", "서로 이해해주면 돼요.", "구속 안 해요." 사실 그들은 답을 찾을 필요가 없으니까. 그래. 잘 만나라~!

- 오늘. 준혁이랑 대화를 하면서 왜! 우리는 누구를 오래 만나지 못하나. 정말 열심히 생각해서 의문을 풀었지만 사실 찜찜하다. 이걸 너무 믿지 말길. 답을 아는데 우리가 이렇게 살고 있겠니.

● Remember
천천히 가야 오래 간다. 진실해야 오래 간다. 서로의 다름을 충분히 이해해야 오래 간다.

중년 남자와 젊은 여자의 부적절한 관계

사랑은 갑자기 찾아옵니다. 20대에 올 수도 있고 50대에 올 수도 있어요. 미혼일 때 올 수도 있고, 그게 결혼한 후에 올 수도 있어요. 지금 당신이 사랑에 빠지면 안 되는 상황이라면 그걸 지혜롭게 피해 가는 것도 당신의 역량입니다.

– 10년 전 모 대학 강의에서 남궁연드러머이 한 말

여학생: 선생님, 저 취업 못하겠어요. 그냥 취집이나 할까 봐요…
나: 그래. 너 일하기 싫음 그냥 결혼해. 근데 만약 나중에 혹시 남편이 바람이 나면 넌 딱히 뛰쳐나갈 힘이 없어서 그냥 참고 살아야만 할 수도 있어.

어느 정도 지위에 올라간 중년의 결혼한 남자와 젊은 여자의 관계.

흔치 않은 관계이지만 주위에 간간이 보이기도 한다. 소박하게 살던 아는 동생이 어느 날 명품 백을 들고 필러를 잔뜩 맞은 예쁜 얼굴로 나타나서 모임의 계산을 착~ 하고 나가는 걸 경험한 적이 있다. 너는 이제 또래의 연봉 3,800 받는 남자나 학생 남친은 못 만나겠구나…

작년에 난 시내의 꽤 잘 지은 오피스텔에 살았다. 거의 매일 엘리베이터에는 삼촌뻘로 보이는 남자와 예쁜 여자 커플이 꼭 한 팀은 있었고, 거기서 미묘한 공기를 공유한 적이 많다. 뭐 그건 그 사람들의 삶의 방식이니까 내가 감히 비난하고 싶지는 않다. 그런데, 고생해서 가정생활과 사회적인 안정을 이룬 남자가 이제 와서 뭐가 부족해서 눈을 돌릴까.

남자가 바람을 피우는 이유는 '연애하는 감정이 들어서'라고 한다. 연애 감정이 살아난다고, 그들은 그걸 느끼고 싶은 것 같다. 참고로 여자가 바람을 피우는 경우는 '내가 여자라는 느낌, 사랑받는 느낌이 들어서'인 것 같다

이해가 간다. 결혼한 사람은 법적으로만 신분이 달라졌지 사람 자체와 그가 생각하는 건 똑같으니까. 그래서 때로는 네가 '결혼한 사람'이라고 해서 '이성에 대한 감정이 없는 사람'으로 배제되는 게 좀 섭섭할 때가 있다. 예를 들어 친구들과의 모임에서 괜찮은 남자들과 합석할 기회가 있다고 치자. 꼭 옆에서 이렇게 말하는 애 있다. "쟤는 유부녀예요!"

'알아. 알아. 누가 뭐래? 근데 또 그걸 굳이 말하니. 나 뭐 안 해!' 친구는 맞는 말을 한 건데도 괜히 기분이 나쁘다. 어쨌든... 바삐 지내던 남자의 결말은 극단적인 결말희소하다을 빼고는 보통은 다음 두 가지 중 하나로 나타난다.

1. 결국 내연녀와 갈 데까지 다 가보고, 자연스럽게 끝남. 자조 섞인 느낌으로 '역시 조강지처밖에 없다.' 하고 컴백하는 경우

2. 다 밝혀져서, 내연녀는 내 와이프한테 싸대기 맞고, 빌고, 암튼 격렬한 소용돌이를 겪고, 아쉬워하면서 할 수 없이 컴백하는 경우

여기서 불쌍한 사람은 과연 와이프뿐일까? 내연녀의 삶도 난 그다지 행복하지 않았다고 본다. 보고 싶을 때 볼 수 없고특히 주말, 전화하고 싶을 때 맘대로 할 수 없고, 어느 공식 자리에 떳떳하게 내 남친 데려갈 수 없이 늘 '나타날 수 없는 존재'로 살아야 했으니까.

남자분들아. 당신들 딴짓 시작한 거 다 티나. 갑자기 아침에 부인한테 "오늘 이 바지 괜찮아? 어울려?" 이 한마디만 들어도 여자는 다 알아. 가정을 지키려고 참는 거예요. 회사 부하 직원한테 전화로 업무 지시할 때도 평소와 말투가 달라. 알아요? 그거 들으면 둔한 직원도 옆에 여자 있는 거 다 직감해요.

그래도 미련이 남는 남자분들에게 감히 한 말씀 드리려고 한다. 소

중한 가정을 지키려고 마음먹었으면 애초에 마음이 흔들리지 않게 절제하시는 게 제일 좋겠지만 만약 정말 이 아슬아슬한 관계를 지속시키고 싶으시면 돈 많이 많이 벌어서 두 여자한테 갖다 주세요. 그녀들 그 돈으로 여가 시간에 각자 또 다른 젊은 남자 만나면 다섯 명이 모두 행복해질 수 있을 것 같아요.

- 참고로, 본의 아니게 자꾸 남자들한테 돈 얘기를 하게 되는데, 오해가 있을까 봐 말씀드립니다. 저는 아직도 현실 감각이 없고, 돈 잘 버는 남자에게 별로 매력을 못 느껴요. 제가 그동안 만났던 남자들 중에서 한 달에 백만 원 이상 버는 사람이 아직까지도 없는 것 같아요.

●Homework

꼭 조강지처한테 돌아가라고 저는 말하지 않아요. 하지만 두 명을 다 갖는 건 욕심쟁이에요. 이제 결단을 내리고 어느 한쪽을 깨끗이 정리하세요. 모두에게 못할 짓. 그만합시다.

이별 후에 찾아오는 4단계

이별. 아직도 무서워서 사랑을 시작하기가 겁난다. 한동안은 이제 이별을 잘한다고 자신했었는데... 지금, 좋은 사람이 나타난 것도 같은데 자꾸 몸을 사리게 된다. 괜히 마음 다 줬다가 나중에 뒷감당 못해서 나 무너질까 봐. 특히. 무방비 상태에서 당한 이별은 더 답 없다. 왜. 어떤 이별은 미리미리 직감하고 마음정리 하면서 준비를 하지 않는가.

오랜만에 heavy one에게 이별을 통보받았을 때 난 내 자신을 가눌 수가 없었다. 우리 학생들과 나는 사랑을 light one과 heavy one으로 구분한다 그때 난. 이별을 치유해주는 영화가 있었으면, 글이 있었으면, 아님 어떤 모임이 있으면 좋겠다고 생각했었다. 노래는 많지만 그건 또 순간이고. 노래는 나를 치유해 주는 게 아니라 더 슬퍼지게 만드는 것 같다.

암튼, 서론은 이만큼만 하고. 이별을 당했을 때 나타나는 증상이 있으니 이걸 기억하고 잘 겪어 내보기 바란다.

1단계: 쿨하게 받아들이기

'어! 그래? 어째... 너 좀 이상하더라. 요즘 하는 짓 보고 내가 너 그럴 줄 알았다. 내가 너 아니면 남자가 없냐? 관두자 관둬!'

– 괜찮다.

2단계: 화가 밀려온다

'너무 화가 나. 내가 너한테 어떻게 했는데... 이 나쁜 자식. 나 열 받아서 미칠 것 같아. 아, 나 복수해야 돼!'

– 그때 술 먹고 문자질 하면요즘은 카톡질 그야말로 역대 최고 개진상 의 멋진 글이 나온다. 내가 문자했던 남자들아, 미안.

3단계: 화해와 용서를 비는 단계

'아, 나도 잘못했어. 시간을 다시 돌릴 수만 있다면... 그래. 아무도 모르는데 자존심 좀 구겨지면 어때. 좋아하는 사람을 내가 잡겠다는 데... 나 생각해 보니까 애 없으면 죽을 것 같아. 그리고 솔직히 일이

이렇게 된 데에는 내 잘못도 커.'

− 그놈에게 연락하고 용서를 빈다. 매달려도 보고, 사과도 해보고, 협박도 해보고. 그러나 그는 냉랭하다. 참, 자존심이 아주 세거나 수동적인 전형적인 한국 여자들은 그냥 속으로만 잠깐 매달려보지만 차마 실천에 옮기진 못한다.

− 여기서 잠깐. 사랑의 깊이와 너의 상처에 따라 2~3단계는 무지무지하게 반복된다. 끝난 줄 알았는데 넌 또다시 2단계로 가 있다. 내 친구와 내가 자주 했던 말 − "나 아직도 2~3단계야."

4단계: 슬픔이 밀려오는 단계

이제. 내 힘으론 아무것도 될 수 없음을 깨닫는다. 주위 사람들가족, 예전 은사, 친구들...을 챙겨야겠다는 생각도 든다. 멋진 여자가 되어야겠다는 생각에 정신이 번쩍 든다. 모임에 가서 새 남자를 만나도 이젠 더 이상 그놈이 생각나지 않고 조금? 즐겁기 시작한다. 그리고 가슴이 찢어질 것 같은 순간 난 그 순간을 '그분'이라고 부른다. 시도 때도 없이 찾아오던 '그분'이 점점 뜸하게 오신다.

− 여기서 또 잠깐. 떠나간 그놈은 1단계에서 바로 4단계. 그리고 이 단계들에서 이미 빠져나갔는데, 계속 네 자신은 2~3단계를 반복하고 있다. 어쩐지 억울하지 않은가?

도담 도담

지금 이별을 겪고 있는 사람들, 혹은 언젠가 겪게 될 내 후배들을 위해서 이 글을 쓴다. 얘들아, 나. 이별도 정말 많이 해봤고, 상처도 많이 줘봤고 받아봤어. 그때마다 난 휘청거렸고 가슴이 아파 죽을 것 같았는데, 지금 생각나는 사람 하나 없어. 이건 내 생각이 틀릴 수도 있는 거지만, 네 마음을 잘 봐봐. 네가 진짜, 떠나간 좋은 그 사람 땜에 마음이 아픈 건지 아님 혼자 남게 되어서, 외로울 때나 잉여 때 뭐 할지 모르게 되어서, 컴퓨터 살 때 조언해줄 든든한 남자 하나 옆에 없는 네 자신이 불쌍해서 슬픈 건지 잘 생각해봐. 그리고 사람에 따라 다르겠지만 난 이별 한번도 안 해보고 첫사랑이랑 결혼해서 60년 행복하게 사는 것보다 다양한 사람 만나고 슬픔과 기쁨도 많이 겪어보는 다이내믹한 내 삶이 더 좋아.

● Remember

　슬픈 감정을 느끼는 게 두려워서 순간순간 몰두할 다른 것을 찾아서 잠시 그 아픈 기억을 잠재우는 방법도 있지만, 결국은 저 네 가지 단계를 충분히 여러 번 겪어내야 완전히 치유가 될 수 있는 것 같다.

난 울면 안 돼. 난 견뎌야 돼!

　며칠 전 일이다. 난 그때 좋아하던 사람이 있었다. 하지만 나한테 소홀한 그 사람을 더는 구차하게 따라다닐 필요가 없다고 생각되어서 힘들게 마음을 접기로 결심을 했다. 마침 이별의 아픔을 겨우 극복한 지영이에게 '빨리 마음 접는 비결'을 물어보았고, 우리는 낮부터 술을 마시기 시작했다. 참 즐거웠다. 이렇게 내 편이 있다는 사실에. 그리고 굴러들어온 복덩어리를 못 알아보는 바보 같은 남자들을 욕하며 우리는 '멋진 여자 되기' 결의를 굳혀갔다.

　그날은 저녁에 재수학원 오빠들과의 모임이 있는 날이었다. 헉! 그럼 그들은 당시 삼수생! 이미 술을 어느 정도 마셨고, 모임에 가서 웃고 즐길 기분이 아니었던 나는 '이제 그냥 집에 들어가야지…' 하고 생각하고 있었는데 한 오빠한테 전화가 왔다. 오랜만에 모이는 건데 안 오면 어떻게 하냐고… 마음을 고쳐먹고 모임에 나가기로 결정했다. 어려서

부터 봐 와서 서로를 잘 알고, 늘 나를 남동생으로 취급하지만 그래도 오빠들은 언제나 좋고 편하고 든든하다.

드디어, 도착~! 누군가가 나를 보고 말했다. "수현이 너 왜 왔어? 그리고 젊은 아기 데려 오랬더니 왜 혼자 왔어?" 난… 울었다. 그리고 모두들 당황해서 어쩔 줄 몰라 했다. 나에게 그때 무언가 울게 해줄 매개체가 필요했었나 보다.

나는 눈물이 많다. 그리고 사람들 앞에서도 잘 우는 편이다. 아마, 우는 나에게 관심을 가지고 정성을 쏟아주기를 바라는 마음에서 그러는 건지도 모르겠다. 혼자 있을 때도 슬픔이 생각나면 엉엉 운다. 가끔 울다가 창문이나 거울을 통해서 내 얼굴을 한번 보고 표정이 너무 추하면 다시 바로잡고 예쁘게 울기도 한다.

근데 사람들은 잘 울지 않는다. 그들은 견딘다. 심지어 혼자 있을 때에도. '난 울면 안 돼. 난 견뎌야 돼. 지금 울면 내가 이 상황에 지는 거야.'라고 생각하며 혼자서 자신에게 혹독하게 대하며 참고, 참고, 견뎌낸다.

왜 그럴까? 아마도 어린 시절의 학습이었던 울면 엄마한테 더 맞았고, 선생님한테 혼났고, 싸우다 울면 내가 지는 게 되는 이런 구조 속에서 우리는 우는 것에 대해 놀랄 만큼 엄격해져 버린 게 아닐까. 혼자 집에서 우는 궁상맞은 내 모습이 내 자신조차도 싫어서 우리는 이제 혼자서도 울지 못하는 사람이 되어버린 것 같다.

아파도 안 아픈 척, 힘들어도 괜찮은 척하고, 상처받은 마음은 방치해 놓은 채 우리는 사회에서 부과받은 우리의 책임과 의무를 묵묵히 해내고 있다.

이 이야기의 연장선에서: 너무 슬프면 술을 마시기도 겁난다. 술을 먹고 내 자신을 놓아버리고 덮어놓았던 슬픔이 터져 나오게 될까 봐. 그리고 그게 술버릇처럼 굳어져서 술만 마시면 우는, 세상 진상 멍멍이가 될까 봐. 그렇게 우리는 내 자신의 상처를 들여다보지도 꺼내지도 않고 모른 체하며 살아가고 있다.

이별의 충격이 좀 가시고 나면, 나는 곧 내가 그토록 갈구하던 '내 옆의 존재'가 꼭 그 사람일 필요는 없었다는 것을 깨닫게 된다. 어쩌면 내가 지금 필요로 하는 건 꼭 그 남자의 보살핌이 아니라 나를 진심으로 이해하고 좋아해주는 누군가라는 생각을 해본다. 그게 여자가 될 수도 있는 것 같다. 그리고 힘든 일이 있을 때마다 주위의 따뜻한 사람들과 나누는 끝이 없는 진지한 대화─하소연, 욕, 분석, 위로, 결의─를 통해 나는 오늘도 성장하고 있다. 오늘 저녁엔 슬픈 노래 틀어놓고 집중하고 한번 오랜만에 울어봐야겠다.

● Homework
슬픈 기억 떠올리며 맘껏 울자. 이별의 아픔 때문에 울고 싶을 땐 하림 <사랑이 다른 사랑으로 잊혀지네> 추천한다.

무기력증에 빠졌을 때 힘을 주는 것들

1. 에너지 넘치는 사람

야망 없고 소심하고 의존적이고 부정적인 사람은 너에게 좋은 영향을 미치지 않아. 밝고 진취적인 사람을 만나서 좋은 기를 받도록 해 보자. 너 또한 좋은 에너지를 주는 밝은 사람이 되라.

2. 햇빛

힘들고 우울할 때 어두운 방에서 하루 종일 혼자 있으면 걷잡을 수 없는 구렁텅이로 빠져 들어가는 것 같아. 물론 끝까지 다 괴로워하고 올라오는 방법도 있지만 '요요의 법칙' 편 참고 빨리 떨쳐 버리고 싶다면, 날씨 좋은 날 조금 활기찬 동네에 가면 기분이 나아지기도 한다. 단, 너무 슬플 땐 너만 빼고 사람들이 다 행복한 것 같아서 더 우울해질 수도 있다.

3. 아주 달콤하거나 맛있는 음식

네가 평소 '감히' 손대지 못했던 카페 모카, 캐롯 케이크, 하얀 파스타 등등을 먹도록 한다. 너에게도 기쁨의 순간을 허락하자. 단, 그날 밤 더 짜증날 수도 있다.

4. 너를 몰두시킬 수 있는 것

새로운 SNS 섭렵인스타. 빙글..., 재미있는 책 읽기, 영화 보기, 좋은 음악 듣기이건 좀 고전적이다. 아, 내 입에서 이런 말이 나오다니... 암튼 네 정신을 빼 놓을 수 있는 것을 찾아보기 바란다. 난 너무너무 힘들고 마음이 안 좋을 때 『수학의 정석』을 꺼내서 방정식을 풀었던 적이 있다. 나 미쳤다

5. 예전 일기장

일기 쓰자. 나처럼 책도 잘 안 읽어보고 살아온 사람이 그래도 이렇게 부족하나마 글을 써 올릴 수 있게 된 건 아마도 어려서부터 써왔던 일기의 힘이 아닌가 싶다. 예전 일기를 꺼내어 보고 있으면 '내가 이런 생각을 했었네...' 웃기고 신기하고 때로는 기특하다. 참 때로는 발가락이 오그라들어서 신발 뒷부분에 가서 붙을 수도 있다.

– "만약 당신이 사랑에 실패해서 아픔을 겪고 있다면 얼른 정신을 차리고 패망의 요인을 분석하세요. 오로지 당신의 잘못만 생각 하세요. 다음에 좋은 사람이 나타났을 때 안 그럴 수 있고, 그때 훨씬 멋진 사랑이 이루어집니다. 그리고 그때, 내가 용서 못 하

고 있었던 그전 사람이 고마워지게 됩니다." _{2012년 5월 페북에서}

– "사랑이 끝난 후 더 슬퍼하고 못 헤어 나오는 사람이 지는 게 아니라, 슬픔을 발판으로 아무런 도약도 못하는 사람이 지는 것이다. 나는 좀 더 멋진 여자가 되기 위해 노력할 것이다." 2007년 9월 7일 내 일기장에서

* 절대 하지 말아야 할 것: 술, 계속 자는 거

● Remember
일기 쓰자. 글에는 여러 가지 힘이 있다. 정보 전달, 사실 요약, 상황 묘사 등. 내가 느끼는 '글쓰기의 가장 큰 힘'은 '맺힌 게 풀린다'는 것이었다.

이별에 힘들어하고 있는 여자 동생들에게

"넌 지금 남자 만나지? 나는 쉬는 기간 동안 인맥 구축해!"

예쁜 여자 동료가 어느 날 나에게 물었어. 선생님은 어떻게 그렇게 외부 특강을 많이 나가냐고. 누가 다 소개시켜 주는 거냐고. 내가 뭐라고 했냐면

"쌤은 쉬지 않고 남자를 사귀잖아. 나는 연애를 쉬는 기간 동안엔 인맥 구축에 힘을 써."

항상 누군가가 옆에 있다는 건 참 편리하고 안정적이고 좋은 것이야. 하지만 그 편안함이 너의 인맥 확장이나 커리어나 취미활동 계발에 결정적인 방해가 된다면?

요즘 들어 힘든 이별을 혼자 겪어내며 아파하다 내 블로그까지 찾아온 아기들이 종종 있어. 오죽 힘들었으면 본 적도 없는 사람을 이렇게 의지하고 싶어졌을까... 마음이 너무 아파서 내가 또 오지랖 넓게 한마디를 하려고 해. 물론 지금은 귀에 안 들어올지도 몰라.

나는 세상에서 제일 외로움 잘 타고 남친도 잘 사귀고, 혼자 있는 걸 정말 두려워하는 여자였어. 근데 올해 4월. 난 처음으로 내가 솔로로 지낸 지 어언 2년이 되었어. 물론, 간간이 잔잔한 만남은 좀 있었지. 나를 어떻게 보고. 에이~

근데 되돌아보면 그 2년이 내 인생을 멋지게 만들어 줄 최고의 시간인 것 같다는 거야. 2년 동안 매주 일요일엔 난 아빠와 여행을 다녔고, 잃었던 친구들과 든든한 꿀인맥 500명을 확보하게 되었어.

또 나는 어디다가 마음을 붙이기 위해서 생전 안 읽던 책을 읽기 시작했고, 얘기 들어줄 남친은 없지만 그래도 내가 하고 싶은 말을 풀어내기 위해서 처음으로 내 멋대로 글을 쓰기 시작했어. 책과 글은 다 올해에 일어난 일이야 그러다 보니까 내 글을 좋아해 주고 정독하며 깊이 공감해 주는 사람들, 블로그를 통해 진지한 생각을 공유하는 친구들이 어마어마하게 생겨났어. 이게 다 두 달 사이에 일어난 일이야

그리고 나는 혼자서 하고 싶었던 것을 더 찾다가 지난주부터 기타

도담 도담

를 배우기 시작했어. 기타 선생님은 분명 나보고 절대음감이라고 했는데, 음악 하는 오빠들은 나 낚인 거라고, 기타 선생 나쁘다고 놀려. 자존심 상해.

이 모든 것을 5년 전에 했다면, 난 지금쯤 훨씬 더 멋진 여자가 되어있었을 거야. 나 사실 은근히 나이가 많아 얘들아, 슬픔을 많이 느꼈으면 이제는 거기서 너를 꺼내와. 더 이상 너를 불쌍하다고 위로하며 거기에 빠져 있지 마. 너 또 그렇게 불쌍하지도 않아 그리고 마음이 내키진 않겠지만 마음이 강하고 매력적인 여자가 되는 거에 집중해 보자. 그럼 내가 프로그램을 짜줄게.

Step 1. 기초과정 : 혼자서 할 수 있다

카페 혼자 가기, 도서관 혼자 가서 책 보기. 산책하기. 청승 떨지 말고, 슬퍼지지 말고. 너무 슬프면 한 번에 몰아서 강하게 잠시 울고 다시 복귀. 혼자 밥 잘 못 먹는 사람은 식당 가서 밝게 밥 먹어보기. 슬퍼지지 말고 너를 〈섹스 앤 더 시티〉의 여주인공 중 하나라고 생각해봐. 너를 뉴요커라고 생각하고 당당하게 먹어.

Step 2. 심화 과정 : 네가 몰랐던 네가 좋아하는 것 찾아내기

외국어 배우기, 악기 배우기, 운동 배우기, 영화 보기, 연극 보기, 전시회 가기. SNS 하기 멍때리면서 대충하지 말고 좋은 친구 만들겠다는 목표를 가지고!

인생에 도움이 될 좋은 사람 많이 알아두고 관계를 돈독히 해 두기.

이런 거 시키는데, 다시 읽어보니까 왜 그렇게 미안하고 가슴이 아픈지 모르겠어. 가뜩이나 지금 힘들 텐데. 그래도 얘들아. 내가 다시 그때로 돌아가서 너희 같은 고통을 겪는다면 지금 나에게 주어진 그 시간을 절대로 헤어진 남자 원망이나 자기비하에 빠져서 허우적거리면서 낭비하진 않을 것 같아. 조금 힘들더라도 네 자신에게 집중하고, 강한 여자가 되도록 노력해봐.

왜 그런지 알아? 너 혼자 오롯이 설 수 있고, 건재한 네 세상이 있어야 나중에 정말 좋은 남자가 나왔을 때 너 좀 챙겨 달라고 징징거리지 않고 그 관계를 잘 성공시킬 수 있으니까. 내가 가장 많이 해왔던 말

그 남자는 이제 잊어버리도록 해봐. 그런데도 너무 좋으면 죽어도 못 잊겠으면 마음은 접지 말되 일단은 물러나. 인연이면 나중에 다시 만나기도 해. 하지만 지금은 네가 그 관계를 다시 회복하려고 뭐 시도할수록 걔는 네가 더 싫어질 거야.

● Question
남친이 없는 이 절호의 기회에 네가 꼭 배우고 싶거나 계발시키고 싶은 건 뭐야?

예쁘게 이별하기

블로그를 통해 그동안 많은 사연들을 받았다. 나, 직업 바꿀 때가 온 듯 나에게 고민을 털어놓아 준 많은 사람들이 지금 정말 가슴 절절하고 힘든 일을 겪고 있다. 어떤 건 대수롭지 않아 보이고 시간이 지나면 정말 아무것도 아닌 일들인 것들도 있는데, 어떤 건 참 나쁜 사람을 만났구나... 내가 분개할 때가 종종 있다.

특히, 이별할 때. 매너 좀 지키자! 잠수타는 거. 카톡으로 통보하는 거. 상대방 입에서 먼저 헤어지자는 말이 나오고 말게끔 만들어 내는 거. 말도 안 되는 집안사 대가면서 뻥치는 거. 정말 너무너무 못 배운 행동이야.

초심을 지키지 못해서 일어나는 많은 문제들이 있어. 일을 할 때도, 공부를 할 때도, 그리고 이성을 만날 때도. 우리가 처음 가졌던 그 긴

장감과 설렘을 가지고 있다면 얼마나 좋을까. 하지만 점점 매너리즘에 빠지고 일할 때, 서로에 대한 마음과 태도가 예전 같지 않아지게 되면서 이별을 맞게 되는 사람이 있고, 혼자보다는, 지루해도 그나마 재라도 있는 게 나아서 이미 거의 끊어진 관계이지만 그냥그냥 지속시켜놓은 사이도 있어.

어쨌든. 처음에 그렇게 잘하고 좋아했으면 마지막 그 순간에는 한 번 만나야 하는 것 같아. 그래서 허심탄회하게 얘기하고 서로가 충분히 이해한 후에 헤어지는 게 맞는 것 같아. 근데 그 순간 또 마음이 약해져서 서로 펑펑 울고, 다시, 그냥 헤어지지 말자고 결심하는 경우도 있어. 그건 또 아니야. 결국 똑같은 이유로 헤어지게 돼.

남자건 여자건 남의 마음을 함부로 아프게 하지 마. 인생은 네가 노력한 만큼 항상 결실이 따라주지 않을 때도 있지만, 사랑은 인과응보의 법칙이 성립하는 것 같아. 네가 그 사람 눈에서 눈물이 나게 했으면 언젠가 넌 피눈물을 흘릴 날이 와. 꼭 와.

그리고 피해자들아. 무방비 상태에서 이별 통보를 받았거나, 잠수를 당했거나, 그 친구가 못된 사람임이 들통 났을 때. 처음 그런 일을 당하면 굉장히 힘들고 많이 휘청거릴 거야. 다른 사람을 만나도 그 트라우마 때문에 넌 한동안 마음을 열지 못할 거야.

그때 당한 충격이 너무 커서. 안 당해도 되는 그런 일을 겪어 버리고 한없이 무너져버린 네 자신이 안됐어서, 너는 누구를 만나도 마음을 굳게 닫거나, 아님 늘 마음 한편에서 이별을 준비하고 있는 네 자신을 발견할 거야. 또 그러는 거 무섭거든.

근데 말이야, 너무 크고 슬픈 일을 한번 당하고 나면 천하무적이 된다. 네가 강해져. 그래서 다음번엔 생각처럼 힘이 들지 않아. 심장에 굳은살이 박이는 걸까... 그리고 그 일을 싸악 잊게 해줄 진짜 좋은 사람이 결국 또 나와. 그럼 넌 언제 그랬냐는 듯이 그 무매너 그 아이를 싹 잊고 멋진 사람한테 푹~ 빠질 것이야. 참, 그 아이한테 전화 한번 올 거야. 그 때는 걔가 하는 수작 받아주지도 말고, 화도 내지 말고 그냥 무시하길~!

● Homework
그 자식한테 욕 쓰기

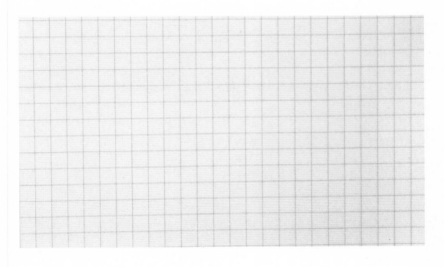

연애 오답노트

"남친과 헤어졌어요. 정말 힘들어요. 어느 순간 저는 너무 기대하고 서운해하는 여자가 되어 있더라구요. 힘들다는 남친을 붙잡아가면서 만났어요. 근데 더 이상 제가 싫대요. 제가 남친을 너무 숨 막히게 한 것 같아요. 그래도 오빠는 이렇게 오래 사귄 여자가 처음이라고 했어요. 엊그제까지 그렇게 저에게 잘해줬고 미래를 함께 계획했었는데 이럴 수 있나요? 저 좀 도와주세요..."

– 오늘, 어린 여자 아기에게 온 상담 중.

남자, 여자 누가 더 단호박?

여자는 징징댄다. 남자의 관심을 더 받고 싶어서 화도 내고 짜증도 내고 그래도 안 풀리면 헤어지자고 협박도 한다. 이거, 헤어지는 거 함부로 말하는 거 아니라고 내가 전에 한번 말했음. 그럴 때마다 그는 잘해주는 것 같다. 하지만 네가 징징대고 협박할 때 그 사람도 이별을 준비하고 있다. 그가 생각지도 않고 있었던 이별의 물꼬를 네가 틔워 준 것이다.

네가 헤어질 때마다 찾아와서 잡아주던 그 사람이 어느 날 진지하게 "나도 더 이상 못하겠다. 이제 헤어지자"라고 한다. 얼떨결에 이별을 맞는다. 정신이 돌아온 너는 잘못했다고 빈다. 그러나 어림없다 남자는 한번 마음을 돌리면 그게 끝인 거다. 너는 죽을 것 같다. 도무지 믿어지지 않는다. 오빠가 했던 핑크빛 좋았던 대사를 떠올리면 이럴 수는 없다고 생각한다.

― 사람의 기억은 왜곡된다. 잘 생각해보면 그 당시 분명 힘들고 짜증났던 포인트가 있는데 왜 나중엔 좋은 것만 생각나는 걸까. 그때 나빴던 점은 혹시 다시 만나게 되었을 때 생생하게 상기된다!

근데 신기한 건 그러다가도 여자는 어느새 마음이 다른 사람에게 싹~ 가 있고 죽을 것 같았던 그 사람이 생각도 안 난다. 근데 남자는 항상 마음을 남겨두고 떠나는 것 같다 이 말은 그전 여자, 전전 여자에게도 마음을 조금씩 남겨뒀다는 걸 의미. 시간이 지난 후 연락이 오기도 한다.

여기서 다시 만나는 건 비추! 네가 바뀌지 않았는데 다시 이어져봤자 결국 똑같은 이유로 또 떠난다.

그 사람을 죽어도 못 잊겠는 이유

혹시라도 다음의 보기 중 하나는 아닐까 생각해보자.

1. 스킨십, 케미, 잘 맞음 ⇒ 벗어날 수가 없다. 대화, 몸

2. 그 사람에게 너무 익숙해져 버렸다. 혼자 있으면 뭐할지도 모르겠고, 새로운 사람을 만나서 처음부터 탐색과정을 다시 진행하기 귀찮다. 내 습성, 성향을 다 알려줘야 하고 그 남자가 좋아하는 거 파악해야 하고 다시 또 맞춰 나가야 한다.

3. 사실, 지금이라도 나의 혼을 쏙 빼놓을 만한 사람이 제발 좀 나타나 줬으면 좋겠는데... 없다.

네가 바뀌기

사람을 바꾸는 건 어렵다. 그 남자와 행여 잘되고 싶다면, 아님 다음 남자와 똑같은 과정을 밟고 싶지 않으면 '네가' 바뀌어야 한다. 제발 그 남자가 했던 대사와 행위 그만 되새기고 오롯이 앉아서 집중하고 네 잘못을 생각하길 바란다.

#연애 오답노트

   사람이 누군가에게 꽂히는 포인트, 사귀게 되는 계기, 헤어지는 이유에는 항상 비슷한 패턴이 있다. 그 패턴을 또 밟고 또 똑같은 새드앤딩을 맞고 싶지 않으면 다음번엔 정답을 맞혀야만 한다!

Wrap-up (오답노트)

다음의 질문에 대답해 보자. 여러 사람을 생각해도 좋다.

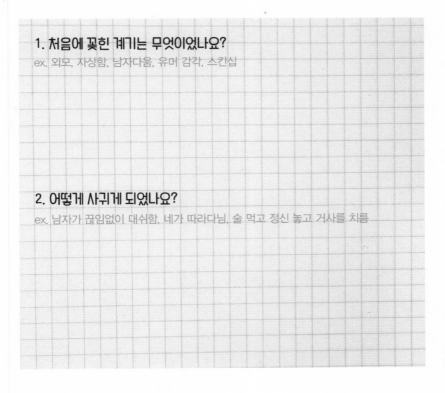

1. 처음에 꽂힌 계기는 무엇이었나요?
ex. 외모, 자상함, 남자다움, 유머 감각, 스킨십

2. 어떻게 사귀게 되었나요?
ex. 남자가 끊임없이 대쉬함, 네가 따라다님, 술 먹고 정신 놓고 거사를 치름

3. 얼마나 오래 사귀었나요?

4. 왜 헤어지게 되었나요?

5. 그때 당신의 잘못은 무엇이었나요?

6. 그 잘못을 고치기 위해 이제부터 어떤 노력을 할 건가요?

- 네가 자주 똑같은 행동을 반복하는 이유는 여러 가지가 있을 건데, 너 혹은 그 사람이 하는 특이한 행동이나 생각법들은 가족관계나 자라온 환경을 잘 뒤져봐도 어느 정도 답이 나온다고 생각한다. 절대로 너의 집을 욕하는 게 아님!

- 다시 한번 말한다. 너는 사람을 쉽게 바꿀 수 없는 것임을 자각하자. 네가 바뀌는 게 그나마 더 쉽고 빠르다.

- 우리 오답노트를 들고 다니면서 열심히 되새겨서 다음번 만남은 꼭 100점 맞자.

● Homework
리포트(오답노트)로 대체

아주 오랜 시간 후에
헤어진 사람을 다시 만나다

　종준이가 쌤 꼭 읽어보셔야 한다고 책을 선물해 주었다. 『나미야 잡화점의 기적』 4월의 도서로 두 책을 선정하고미움 받을 용기, 나미야 잡화점의 기적 이 책은 잠시 방치해 두었다. 미움 받을 용기는 다 읽었다. 사실… 너무 두꺼워서 읽을 엄두가 나지 않았다.

　4월 마지막 날. 나와의 약속을 지키지 못하는 사람이 되기 싫어서 책을 읽기 시작. 난 소름이 끼치게 재미있어 하며 이 책에 빠져 들었다. 어쩜 지금 내가 하는 이야기는 너희의 미래의 이야기를 미리 말해 주는 것일 수도 있겠구나. 마치 나미야 잡화점의 이야기처럼.

　내 포스팅들을 보면 꽤 많은 남자를 만난 이야기가 나온다. 이거 하나는 확실히 변명할게. 그 사람들이 다 '낱개'가 아니다. 예를 들어 '내 수명이 다한 남자'와 '날 응급실에 실려 가게 한 남자'는 동일 인물이야.

암튼 이와 같이, 다채로운 경험 이야기를 위해서 한 명을 가지고 '돌려막기'를 한 경우가 좀 있으니 '이 여자 왜 이렇게 남자관계 복잡해!' 이렇게 날 너무 나쁘게 보지는 말아줘.

어쨌든 20대에 그렇게 불붙었던 사람들을 10년, 15년이 지난 후에 다시 만날 기회가 있었으니…

1. 대학교 때 같은 과에서 사귀던 친구가 있었는데동갑남, 나에게 잘해주던 착한 남자로 2회 등장 졸업 후 내가 외국에 가는 바람에 자연스럽게 헤어졌어. 몇 년 전에 연락이 왔어. 영어 공부에 대해 찾다가 우연히 인터넷에 떠도는 내 사진을 보고 내 카페다음 카페로 연락이 왔어. 그 친구는 굴지의 S회사의 과장이 되어 있었어. 학교 다닐 땐 그렇게 잘될 줄은 몰랐는데… 만났어. 완전 사람이 달라졌어. 맛있는 것도 잘 사주고, 포스도 있고. 대학생 땐 늘 내가 밥 사줬었단 말이야 근데 너무 살이 쪘어. 얘, 이 글 볼 수도 있는데… 미안!

2. 이 친구, 전에 만나던 사람이 있어. 같은 학교 의대생이었고 연하의 남자였어. 연하남 편, 내가 먼저 좋아하고 헤어졌지만 나중에 내가 후회하고 괴로워하다 응급실로 실려 가게 된다고 곧 나와 그 옛날엔 연상연하 커플이 거의 존재하지 않던 시절이었으니 내가 얼마나 시대를 앞서 간 건지 알겠지. 몇 년 전, 난 싸이월드를 못하지만, 그걸 뒤지면 찾을 수도 있다 해서

두 시간 수사해서 그 친구를 찾아. 글을 남겼더니 이메일이 왔고 곧 통화를 하게 되었어. 떨렸어. 너무 아름답게 십 분을 통화했어. 근데 그 아이 또 그때처럼 틱틱거리면서 못되게 말하는 거 나왔어. 아~ 그냥 아름답게 추억으로만 남겨 놓을걸...

3. 가장 가까웠던 영국 남자. 너무너무 말이 잘 통했고, 나의 가치를 제일 잘 알아봐준 사람이야. 나 땜에 회사 그만두고 한국까지 온 걸 생각하면 그 친구랑은 헤어지면 안 되는 거잖아... 몇 번을 노력했어. 다시 이어 보려고. 근데 근본적인 문제를 해결하지 못했어. 그 친구는 전 세계를 떠돌아다니면서 신나게 살고 싶어 하고 나는 여기 있는 학생들을 못 떠나. 그러니 잘될 방법이 없지. 지금 그 친구는 전 세계를 떠돌며 살고 있어.

그 외에도 운명적으로 십수 년 만에 다시 만난 사람들이 조금 더 있는데 별 의미는 없어. 간혹 잠깐, 가슴이 떨리기도 하는 사람이 있는데 대부분은 유부남이야. 그럼 난, 그 와이프한테 학원 앞에서 학생들 보는데 머리끄덩이 잡히는 상상을 해. 사랑과 전쟁을 너무 봤나? 그럼, 다시는 생각이 안 나.

이렇게 잘난 척하면서 매일 떠들지만 난 아직도 사랑이 뭔지 몰라. 아니, 그게 존재하는 건지도 모르겠어. 어쩌면 이것도 신기루 같은 거라서 막상 잡고 시간이 흐르면 없어져 버리는 게 아닌가 하는 생각도 들어. 네가 생각하는 것만큼 그 사람이 그렇게 대단하고, 그 이별이 그렇게 아픈 게 아닌 것일 수도 있어.

－김성X빠른 74년생: 신반포중－반포고－뉴욕 유학CUNY

　－이용X73년생: 단대부중－단대부고－단국대 산업디자인과

　내가 중고등학교 때 좋아하던 오빠들이야. 좀 찾아줘. 이번엔 실망하지 않고 상큼하게 잘 만나고 올게.

●Question
꼭 다시 만나고 싶은 예전 사람 있어? 혹시 다시 만나게 되었을 때, 너는 어떤 모습이 되어 있고 싶어?

아직도 지독한 이별에 고통받고 있는 아기들에게

1.

1) 이제 오빠랑 잘 안돼도 좋으니까 생각 좀 안 하고 싶어요. 하루 종일 생각해서 속까지 메스꺼울 지경이에요. 이제 진짜 그만하고 싶어요.

2) 요즘 날씨도 좋아서, '헤어지지 않았다면 데이트 했겠지? 외롭다.' 이런 생각이 드는 것 같아요.

1)번에게 한 나의 답
– 저도 이십대 때 헤어진 사람 계속 못 잊다가 쓰러져서 응급실에 실려 간 적도 있어요. 안 죽어요. 그냥 본인만 피폐해지고 망가지는 거예요. 좀 억울하지 않아요?

2.

아~ 이 사람들이. 분명히 내 얘기를 잘 이해하고 우리 파이팅 했다고 생각했는데 며칠 있다가 또 못 잊겠다고 한다. 어쩌면 쉽게 못 잊는 게 당연하지. 둘만의 예뻤던, 행복했던 일들이 있는데. 아무리 자기 마음이라도 자기 맘대로 못하는 거 알아. 그리고 억지로 잊는 것보다는 고통을 하나하나 견디고 떠나보내는 게 훨씬 건강한 이별 방법인 것 같아.

3.

종종 넌 친구들에게 심경을 토로하며 괴롭히기도 한다. 처음에는 잘 들어주던 친구들이 차츰 짜증을 낸다. 더 말해봤자 자꾸 네가 깎여 내려가는 느낌이다. 그럼 한동안 안 찾았던 다른 친구를 또 찾는다. 그동안 텀이 있었으니까 이쯤에서는 애도 다시 신경 써서 들어주겠지…

어쩌면, 너는 친구의 관심과 돌봄을 받는 것에 위안을 느끼는 건 아닐까. 즉, 네가 하는 '그 남자에 대한 이야기'나 '이 사태에 대한 해결책'보다는 어쩌면 친구에게 '나 좀 챙겨줘.', '나 이렇게 사랑받던 여자였는데 지금 못 받고 있잖아.' 이렇게 외치고 있는 건 아닐까.

"자신을 사랑해주고 인정해 주는 사람이 있어야만 자신을 괜찮은 사람이라고 여기는 사람들은 그 대상이 사라지면 자신을 못난 사람으로 폄하하기 시작합니다."

어쩌면 너는 그 사람을 '못 잊는' 게 아니고, '안 잊고 있는' 게 아닐까. 생각할 거리마저 다 지우고 나면 그때는 정말로 철저히 혼자 남겨져서 네 자신이 볼품없고 못난 사람처럼 여겨지게 될까 봐. 너마저 너를 그렇게 여기게 될까 봐. 그래서 현재의 모든 것을 희생하면서까지 떨어진 인연의 끈을 부여잡고 있는 게 아닐까.

오답노트 썼지?앞에 올린 포스팅에 있어 이제 다른 숙제를 하나 줄게. 공감 연습! 공감이란 다름 아닌 '상대방의 창으로 바라보는 것'이래! 그 사람이 정말로 나쁜 사람이 아니라면, 생각이 있는 사람이라면 이별을 결정한 이유가 있을 거야. 지금은 그 사람을 공감하고 이해하도록 노력해 보자. 철저히 그 사람 입장에서 생각하면서.

그리고 또 한번 말할게. 제발! 아무리 억울하고, 아쉬운 게 있어도 지금은 아무것도 하지 마. 관계 회복을 위한 그 어떤 것도. 지금 이 관계는 건드리면 건드릴수록 덧나는 단계야. 이 단계가 지난 후에 연고를 바르든지 수술을 하든지 째든지 하자.

그리고 이거 기억해. 넌 그렇게 약한 사람이 아니야.

그 사람에게 마지막으로 꼭 하고 싶은 말은 뭐야?

너무 아파서 차마 할 수 없었던 마지막 이야기

캐나다 어학연수 시절. 우리 반에는 매주 목요일 교생실습 중인 젊은 영국인이 온다. 그 친구의 이름은 폴이었다. 깔끔한 스타일과 서글서글한 외모, 그리고 젠틀한 매너를 가진 그 사람은 모든 여학생들의 선망의 대상이었다. 웨일즈 출신인 그는 캐나다 프로팀에서 활동하기 위해 건너온 럭비 선수였고, 낮에는 회사를 다녔는데 회사가 부도날 위기에 처하자 주위 사람들이 너 영어강사가 되면 잘할 것 같다고 해서 TESOL영어강사 자격증 코스를 밟고 있는 학생이었다.

몇 달 후. 공교롭게도 나는 폴이 졸업한 학교에서 TESOL 과정을 밟게 된다. 우리 반에는 원어민 학생들이 잔뜩 있었고, 과정이 많이 힘든 편이어서 내 실력으로는 버티기가 힘들었다. 어느 날, 학교 매니저에게 난 이 과정을 도저히 못 따라가겠다고 선언을 하고 집으로 오는 길이었다.

길에서 우연히 폴을 만났다. 달려갔다. 나 기억하냐고. 나 네 학생이었는데, 나 지금 테솔 하는데 내일부터 그만할 거라고 말한다. 폴은 자기가 도와줄 테니 계속 해보라고 했고 그렇게 우리는 친구로, 선생과 학생으로 만나서 매일 '방과 후 수업'을 한다.

당시 그 친구는 생활을 유지하기 위해서 프로팀을 탈퇴하고, 2부 리그팀에서 뛰고 있었고 시합이 있는 날마다 나를 데리고 갔다. 난 럭비의 '럭' 자도 몰랐지만 그냥 폴의 움직임을 따라 구경했고, 폴이 공을 들고 빨리 막 뛰어가면 기뻐했고, 상대방과 부딪혀 입술이 터져 부어오르는 걸 보면 슬퍼했고, 시합이 끝난 후 양 팀의 모든 선수들이 다시 모여서 맥주를 마시는 데에도 참여하게 된다. 그건... 신세계였다.

모든 과정을 마치고 한국에 돌아오기 한 달 전, 우리는 서로를 정말 사랑하고 있음을 깨닫는다. 폴이 말했다. 자기는 가진 것이 없어서 나를 당장 행복하게 해줄 수는 없지만 우리의 인생을 책이라고 놓고 봤을 때 먼 훗날 이 책을 다시 펴게 되었을 때 때로는 힘든 일도 있고 기쁜 일도 있었겠지만 내가 '나 참 exciting한 삶을 살았구나...'라고 느끼게 해주고 싶다고 했다. 그리고 자기는 전 세계를 돌아다니면서 살고 싶다고 했다.

낮에는 회사에서 일을 하고 저녁에는 럭비팀에서 훈련을 하고 쉬는 날에는 과외를 하고 밤에 집에 가서는 우리 부모님에게 인사드릴 한국말을 공부하던 폴은 종종 피곤한지 코피를 쏟았다. 코피를 처음

본 서양 사람은 나에게 물었다.

"왜 코에서 자꾸 피가 나와?"
"……"

주위의 한국 친구들에게 얘기를 주워들은 폴은 한국은 보수적이라서 우리 부모님이 허락을 안 할 것 같다고도 말했다. 한 달 후, 눈물의 이별을 하고 한국으로 돌아온 나는 무작정 폴의 이력서를 들고 이름을 들어본 영어 학원을 돌아다니게 된다. 강남으로, 신촌으로. 신기한 건, 어디를 갈 때마다, 마침 거기서 강의하던 한국인 강사에게 문제가 생겨서 내가 자꾸 갑자기 강의를 떠맡게 된다는 거였다. 강사가 될 운명이었나 보다.

마침내 폴은 모든 걸 정리하고 한국에 오고, 난 내가 가지고 있는 졸업장과, 나도 모르게 쌓인 몇 달의 경험을 바탕으로 면접을 보고 시강을 해서 드디어 최고의 학원에 입성하게 된다. 2000년도

폴이랑 잘되어야 하는데 부모님한테 말하는 게 무서웠다. 또 실망을 시켜드리기가 싫었다. 매일 아침 창문을 열고 창문 밖에 앉아있는 비둘기에게 울면서 말했다.

"제발... 나한테 용기를 줘. 제발...우리 엄마아빠가 허락하게 해줘..."

어느 날. 장흥에서 점심을 먹은 우리 가족은 커피를 마시러 갔고 내 '선' 얘기가 화두로 떠오른다. 엄마는 내가 선을 봐야 한다고 말씀하셨고, 아빠도 이제는 좋은 사람을 찾아야 하지 않겠냐고 하셨다. 난 울음을 터뜨린다.

"나 좋은 사람 있어."
"근데 왜 울어?"
"영…국… 사람이야… 미안해. 엉엉엉."

놀란 아빠는 자리를 뜨시고 곧 마음을 진정시키고 돌아오셨다.

"우리 딸이 좋아하는 사람이 생겼다는데, 왜 울어 바보같이. 그건 좋은 일인 거지!"
"……"

나에게 실망한 엄마는 말이 없었다. 며칠 후, 폴을 직접 본 엄마 아빠는 매우 맘에 들어 하셨다. 우리는 삼 년을 더 만났다. 사실, 그걸로 충분했다. 우리는 둘 다 결혼 제도를 싫어하는 사람이라서 결혼을 안 하고 지냈으면 했다.

하지만 한국 사회에서 혼기가 찼는데 결혼도 안 하고 오랫동안 만나고만 있는 것은 부자연스럽다고 생각했는지 엄마는 내 결혼식을 감행하셨고, 우여곡절 끝에 결혼을 하게 되었다. 난 스물아홉 살이었다.

그리고 우리는 느끼고 있었다. 결혼은 안 하는 게 나을 것이라는 걸.

우리는 참 사이가 좋았고 케미가 있었다. 육체적인 관계가 없는 걸 빼면. 우리는 늘 이야기가 끊이질 않았다. 새벽 세 시까지 다섯 시까지 동네 맥주집이나 포장마차에서 끝없는 대화를 나누었다.

우리에게는 우리만의 통금 시간이 있었다. 밖에서 다른 사람이랑 술을 아무리 마시고 놀아도 아침 여섯 시까지는 꼭 오기! 술 마시는 사람들은 이해할 거다. 젊었을 때, 즐거운 자리에서는 새벽 여섯 시가 오는 줄도 모른다. 그러나 7시까지 갈 일은 거의 없다. 6시가 넘어서 들어온다는 것은 앉아서 마시고 있다가 온 게 아니라 어디에 누워 있다가 온 거를 의미한다. 사고를 친 거를 의미한다.

그즈음 난 일반회화 강의에서 스피킹 시험과목을 맡게 되었고SEPT 처음으로 돈도 제법 많이 벌고 유명한 강사가 된다. 이젠 폴이 눈에 들어오지 않는다. 내 머릿속엔 오직 내 수업을 좋아하는 학생들, 인기, 홍보 그리고 어려운 과목에 대한 스트레스뿐이었다.

폴이 자꾸 아르헨티나로 떠나자고 한다. 한국에 2~3년만 있고 싶었는데 너무 오래되었다고, 가고 싶다고 한다. 난 싫다고 했다. 그때 exciting한 책을 쓰기로 한 약속은 난 이미 잊은 것 같았다. 타지에서 외로워하고 방황하던 폴은 자기 회사에 있던 말이 잘 통하는 뉴질랜드 여자랑 급격히 가까워지게 된다. 그리고 새벽 6시를 넘어 들어오는 날이 생기게 된다.

여자의 직감은 섬뜩하다. 난 폴이 뭐하고 다니든 신경 안 쓰고 일만 했는데 어느 날 너무도 나쁜 기분이 스치고 지나가서 전화를 해서 "너 애인affair이랑 있지?!"라고 다짜고짜 묻는다. 아니라고 한다. 그래서 말을 돌려 "그럼 넌 너를 편안하게 만들어주는 여자랑 있지?!"라고 물어봤더니 맞다고 한다. 그렇게… 우리의 관계는 그날 끝났다. 난 32세였다 자존심이 센 나는 더 이상 묻지도, 이해하려고도 안 했다.

난 교대서초동가 싫다. 며칠 후 아침, 교대 근처에서 폴을 기다리며 느꼈던 밀려오는 슬픈 감정. 그제야 난 모든 걸 이해하고 고마움을 느꼈지만 차마 표현하지 못했고 우리는 수속을 다 마치고 나와서 대낮부터 맥주를 마시며 하염없이 울었다. 말을 안 해도 알 수 있었다. 그가 얼마나 힘들었는지. 얼마나 나를 사랑했는지. 그리고 그 여자와는 절대 이상한 관계가 아니었다는 것도 난 다 알 수 있었다.

그렇게 폴은 떠났다. 외국 생활을 하던 중 폴은 나랑 다시 잘해보고 싶어서 몇 번 한국에 들어왔지만 근본적인 문제전 세계를 떠돌며 사는 것가 해결되지 못한 우리의 관계는 다시 이어붙일 수 없었고 지금도 그 사람은 그렇게 떠돌며 살고 있다.

항상 부족한 줄만 알았던 내가 멋진 여자임을 일깨워 준 친구. 7년 동안 폴이 나에게 해주었던 말들 "너는 정말 믿을 수 없이 예뻐.", "너는 너무 영리해서 비즈니스로도 성공할 여자야.", "너는 내가 본 어떤 사람보다 영어를 고급스럽게 잘해." 이런 이야기들과 한국 사람들을 대하면서 느꼈던 영어의 문제점들을 늘 말해주었던 건, 지금도 내가 고급 영어강사로 버티어 내는 큰 재산이 되어 있다.

그 후 본의 아니게 난 사람들에게 골드미스로 여겨지고 있다. 가까운 사람에게는 과거를 이야기하는데 굳이 또 떠벌리고 다닐 일은 아니라고 생각해서 말을 아꼈다. 내가 그동안 싱글 행세해서 많은 사람들을 속인 걸로 아는데 부디 이해해 주었으면 좋겠다. 늘 진솔한 글을 포스팅하는데, 폴 이야기를 쏙 빼고 하려다 보니 어딘가 나사 하나가 안 맞아 돌아가는 느낌을 지울 수 없어서 오늘 마음을 단단히 먹고 써 봤다.

지금 나는 아빠랑 속초에 있다. 바다가 보이는 방에서 예전에 폴과 내 동생과 강아지와 여기에 와서 놀던 때를 회상하며 글을 쓴다. 나는 아직도 폴과 이메일을 주고받는다. 지금도 내가 잘될 때 가장 기뻐하고, 내가 부당한 대접을 받았을 때 나보다 더 화를 내 주는 착한 친구이다.

나도 폴이 행복할 수 있도록 항상 응원할 것이다. 나의 마지막 가장 깊은 아픔인 폴 이야기를 풀어냈을 때 비로소 나는 나를 진심으로 이해하고 안아주고 다른 사람을 사랑할 자격을 갖추게 될 거라고 생각했다.

너에게 가장 소중한 것은? 일과 사생활의 밸런스를 맞추는 건 가장 중요하고도 어려운 것 같다.

Chapter 2
삶, 행복

지금 외로우세요?

고등학교 때

난 강남에 있는 미술학원을 다녔다. 입시를 앞두고 하루에 8시간 씩 그림을 그릴 때 다섯 시부터 여섯 시까지 저녁 먹는 시간이 있었는 데 난 그 시간이 아까워서 밥을 굶고 근처 교회에 가서 앉아있었다. 온갖 생각을 하면서... 난 그때부터 생각하는 걸 즐긴 것 같다.

대학교 때

친구들과 약속장소에 30분 일찍 도착한 나는 무엇을 해야 가장 재 밌게 그 시간을 보낼 수 있을까. 생각하다 혼자 노래방을 간다. 나 참 엉뚱하다. 난 밥을 혼자 사 먹는 건 그때부터 이미 아무렇지도 않았고 혼자 영화는 기본. 기분이 우울하면 대학로에 가서 혼자 콘서트를 봤고 때로는 맥주집에 가서 혼자 맥주를 마시기도 했다.

10년 전, 오래 함께한 사람과 이별했을 때 제일 먼저 들었던 생각은 '이제, 나 토요일에 뭐하지?' 그리고 난 '토요일에 놀아줄' 남친을 사귀기 시작했다. 주중에 열심히 일한 보상을 남자를 통해 받고 싶어 했었던 것 같다. 난 그때 제법 많은 사람을 만났다. 어리고 잘생긴 애, 못되고 잘생긴 애, 공부 잘하고 잘생긴 애, 무능하고 잘생긴 애, 오지랖 넓고 잘생긴 애...

하지만 항상 마음이 허했다. 내가 완성되지 않은 상태에서 상대가 나머지 반을 채워주기만을 바랐던 것 같다. 그러니 늘 외로웠고, 상대에게 불만이 많았다. 생일날 멋진 이벤트를 기대하고 있으면 실망을 한다. 난 어느 날 '생일'에 대한 집착을 버렸더니 마음이 편해졌다. 토요일에, 휴일에 멋진 일이 있어야만 한다고 생각하면 실망을 한다. 난 최근에 '토요일'에 대한 집착도 버렸다. 그 대신 나는 올해, 철저히 내 자신과 친해지기로 결심을 한다.

나는 아침 7시부터 밤 9:30까지 수업을 한다. 중간에 서너 시간 쉬는 시간이 있는데, 그땐 책을 쓰고, 블로그 글을 쓰고, 수강생 카페 관리를 하고, 각종 일을 한다. 때로는 그 시간에 청계천을 걸을 때도 있고, 때로는 찾아오는 친구나 학생들과 이야기를 하기도 한다. 화요일은 조금 일찍 끝나는데 그날은 기타 레슨을 받고, 만날 사람이 있으면 논다. 9:30에 수업이 끝나면 집까지 1시간 40분을 걸어온다.

지난주에는 필 받아서 이틀 동안 왕복 네 시간을 걸었더니 다음 날 거의 쓰러졌다. 이건 행군보다 심한 거라고 나중에 들었다. 집에 돌아오면 책을 30분 읽고 잔다. 유식해지고 싶다. 그 와중에 짬을 내서 또 술도 마시고 친구도 만나고 논다. 일요일엔 아직도 꼭 여행을 간다.

이상한 일이 생겼다. 이제 좋은 사람과의 약속이 취소되도 섭섭하지가 않다. 나랑 노는 게 더 즐거우니까. 혼자 할 게 너무 많다. 근데 왜 눈물이... 어쩌면 이건 내가 이십 년 이상 그토록 찾아왔던 '외로움을 극복하는 방법'이 아닌가 싶다.

보름달인 상태에서 상대를 만나야 한다고 한다. 반달인 상태에서 반쪽을 채워 줄 상대를 만나는데 어떻게 그 만남이 안정적일 수 있겠나. 난 정말 충만한 보름달이 된 후에, 내가 좋아하는 사람을 환하게 비춰주고 싶다.

오늘은 토요일이다. 수업을 마치고 난 지금 동네 카페에 와서 책을 쓰고 있다. 자정까지만 쓰고 들어갈 생각이다. 이건 며칠 전 소주를 마시다가 갑자기 떠오른 시인데 정리해 보았다.

제목: 헛헛해

친구를 만나고 와도 헛헛해
신나는 모임에서 돌아와도 헛헛해
혼자 있으면 더 헛헛해

애인이 있어도 헛헛해
남편이 있어도 헛헛해
없으면 더 헛헛해

스펙을 쌓아도 헛헛해
그 스펙으로 취업을 했는데도 헛헛해
취업을 못하면 더 헛헛해

난 늘 헛헛해
사람은 누구나 헛헛해

● Remember
너의 가장 소중한 친구는 너다!

이렇게 밝을 수 있는 건 상처가 많기 때문이야

- 지금 힘들어하고 있는 모든 사람들에게

말이 이상하지... 근데 왜 이렇게 끄집어내는지 알아? 삶의 문제로, 연애 문제로 힘든 일을 겪고 있는 많은 사람들이 내 블로그에 찾아오기 때문이야. 나 힘을 주고 싶어. 내가. 이제 누구한테 잘 보일 데도 없는 내가 내 한 몸 희생해서, 이 곱디고운 얼굴로 그동안 얼마나 힘든 일을 겪었었는지. 그리고 그때마다 어떻게 마음가짐을 가졌었는지 말해줄게.

내가 자랑 많이 했잖아. 나 대형 영어학원에서 15년 강의한 인기 강사라고. 원래는 강남에 4년쯤 있었고, 종로 같은 학원에는 11년 이상 있었어. 강남 학원을 그만두고 중간에 잠깐 쉴 때, 아는 분의 부탁으로 중고생을 가르친 적이 있어. 난 그때 정말 힘들었어. 난 사춘기 중학생들. 그리고 남자 고등학생이 아직도 세상에서 제일 싫어. 무서워... 암튼 난 카리스마도 없어서 애들이 만만히 여겼고, 수업 종료 십 분 전에 가방을 싸는 아이들의 모습에 상처를 받으며 결심을 해.

'내가. 다시 성인을 가르칠 기회가 온다면 어떤 어려움이 있어도 그만두지 않겠다.'

그리고 11년 동안 성인학원에서 힘든 일이 닥칠 때마다 생각했어. '이게 싫으면 난 중고생한테 가야 해. 안 돼~!'

몇 년 전에 책을 낸 적이 있었는데, 나쁜 일을 당했어. 물론 계약서를 꼼꼼히 안 읽고 사인한 내 잘못이 크지만, 믿었던 사람이 작정하고 어떻게 그럴 수가 있나. 그리고 사람이 어떻게 순식간에 안면이 저렇게 바뀔 수가 있나. 충격이 컸고 이틀 동안 열 받고 억울해서 속을 끓다가 이틀째에 결심을 해.

'내가 정말 최고의 강사가 되어서 감히 네가 모실 수도 없는 자리로 올라가겠다.'

그리고 그 일을 바로 잊어.

재작년에 한 번 더. 가까운 사람한테 크게 당해. 그때 빚을 갚기 위해 가지고 있던 재산을 모두 처분하면서 생각했어.

'난 어려서부터 어려움이 없이 자라서, 명강사가 되기에는 조금 부족했는데 잘됐다. 내가 돈이 없어보면, 왜 아이들이 절실히 취업을 원하는지가 더 공감되어서 더 열심히 도와줄 수 있을 거야. 그리고 나중에 멋진 강사가 되어 TV에 나가면 얘기할 스토리가 생긴 거야.'

나 멘탈 갑이지? 마지막으로 민감한 부분을 하나 더 풀게. 꽤 많은 남자를 만나봤지만 그중에 큰 게 두 개 있는데,

1번 영국 남자

이 친구는 내가 고급 영어를 구사할 수 있게 많이 도와주고 떠났어. 어찌 보면 내 살길을 만들어 줬지. 이 친구 때문에 영어 강사도 될 수 있었으니까. 그렇다고 내가 영어 때문에 무조건 외국 남자한테 환장하는 여자는 아니야. 그전에 내 영어도 괜찮았어...

2번 기타리스트

이 친구는 좋은 기억이 별로 없는데, 업적은 하나 있어. 컴맹이던 나의 페이스북 계정을 만들어 줬어. 이거 있으면 재미있다고. 정말 큰일 했지. 지금 내가 페북 덕분에 얼마나 멋진 사람들 다 찾고 예전 아기들 지지도 받으며 소통하고 잘 지내는데.

그리고 올해 초. 좋아하던 드러머 분이 있었는데, 그 사람을 생각

하면서 난 더 멋진 여자가 되고 혼자서도 씩씩하게 잘사는 사람이 되기 위해 블로그에 글을 올리기 시작했어. 이거도 대박 났잖아. 난 내가 이렇게 글을 공감 가게 써 내는 사람인줄 몰랐어. 난 독서를 안 해서 늘 내가 무식하다고 생각해왔단 말이야. 이제 블로그가 강해져서 내가 어떤 일을 해도 그 힘을 빌릴 수 있을 것 같아. 나 나중에 내 홍보용으로 이거 한번씩 쓸게.

암튼 난 이제 어떤 나쁜 일이 나에게 닥치면 이 일이 왜 일어나는지, 이 사람이 내 인생에 왜 나왔는지 곰곰이 생각해서 찾아내는 버릇이 생겼어. 누구에게나 어려운 일은 올 수 있어. 근데 나는 그거를 승화시키는 탁월한 능력이 있는 것 같아. 너무 내 자랑만 해서 꼴 보기 싫지...

사실 앞부분에 내가 많이 썼던 말이야. 나한테 왜 이런 일이 일어나지 생각하며 너무 슬퍼하고 원망하지 마. 빨리 정신줄을 잡아. 내가 장담할게. 그 일을 잘 겪어내고 나면 너는 더 멋지고 강한 사람이 될 거고, 더 큰일을 해낼 역량을 갖추게 될 거고, 더 멋진 남자를 만날 준비가 될 거고, 더 많은 사람들을 공감할 수 있게 될 거고, 그게 얼마나 소중한 재산인지는 나중에 알게 될 거야.

마지막으로 이건 2012년에 내가 페북에 올린 글이야. 이것도 읽어 봐 줘.

"지금 내가 항상 감사하고 즐거울 수 있는 것. 살인적인 스케줄을 기쁘게 소화할 수 있는 힘은 과거, 백수 시절 때 내 자신에게 늘 실망하던 힘들었던 기억 때문입니다. 얘들아, 힘들면 많이 고민하고 슬퍼해. 그 시간들이 너희가 성공하게 될 큰 원동력이 될 것이야!"

● Remember
순간의 좌절을 이겨내면 더 큰 힘이 생긴다. -스티브 잡스-

걱정 말아요 그대

쥐 실험: 몇 마리의 쥐들을 구경하게 해 놓고 다른 몇 마리의 쥐들에게 전기 충격을 준다. 스트레스 지수가 더 높이 올라가는 건 '충격받은 쥐'가 아니라 '구경하던 쥐'였다.

우리는 어떤 일이 닥치기 전에 미리 너무 많이 걱정하고 두려워하는 경향이 있다. 하지만 막상 닥치면 그게 생각보다 끔찍하지 않다는 것을 깨닫게 된다.

때로는 선택을 하기가 정말 힘들어서 고민할 때가 있다. 그럴 땐 고민과 계산을 잠시 그만하고 한발 물러나서 지켜보자. 의외로, 시간이 해결해 주는 경우가 있다. 자연스럽게 하나가 선택이 될 수도 있다.

내일이 오는 게 두려울 정도로 무서운 일이 닥쳤을 땐, 그로 인해 나에게 일어날 최악의 상황을 상상해 보자. '그게 다인가?'라는 생각이 들 정도로, 생각보단 무섭지 않다.

걱정의 40%는 절대로 현실로 일어나지 않는 일에 대한 것이고 걱정의 30%는 이미 일어난 일에 대한 것이며, 걱정의 22%는 사소한 고민이고 걱정의 4%는 우리의 힘으로는 어쩔 도리가 없는 것이며, 나머지 4%의 걱정은 자신의 힘으로 바꿀 수 있는 일에 대한 걱정이라고 한다. – 어니 J 젤린스키

결국 우리는 일어날 확률이 4%인 것에다 그 많은 에너지를 쏟으며 마음을 쓰고 있었구나.

지난 주 일요일. 나는 해결해야 할 매우 안 좋은 일이 생겨서 새벽 세 시까지 잠 못 이루고, 다음 날이 오는 것을 두려워하며 고민하다가 문득 심리학과 수진이가 수업 시간에 얘기해준 '쥐 실험' 이야기가 떠올라서, '그만 걱정하고 전기충격을 당해보자…'라고 생각하고 잤다.

내가 우려했던 최악의 상황은 오지 않았다.

● Question
네가 지금 하고 있는 고민 중 가장 큰 고민은? 그게 정말 그렇게 큰 고민일까?

단 하루의 힐링: 하루 여행 모음

20대 때는 외국생활도 조금 했고, 외국에 갈 기회가 참 많았다. 여권에 도장들이 채워지는 걸 보고 혼자 많이 뿌듯하기도 했다. 종로 학원에 온 이후, 나는 늘 살인적인 스케줄과 특강 등을 진행하면서 해외여행은 나중에 은퇴하고 하려고 미루어 놓았다.

아! 중간에 일본에서 공부하고 있는 동생을 잠깐 만나러 갔다 온 적이 있다. 도착한 첫날. 동생이랑 같이 유학하는 사람들과 흥 있는 시간을 보내고, 난 오랜만에 먹어보는 '진짜 일본 음식'이 반가워서 술을 정말 많이 마셨고, 다음 날 아침. 어제 먹은 거를 확인하고 있는 나를 동생은 매몰차게 끌고 다니면서 '도쿄 구경'을 시켜주었다. 그래서 기억이 하나도 없다

가끔 수업을 일찍 종강하고 해외에 다녀온 동료 강사들이 "티파니

쌤도 외국 갔다 와요. 그래야 스트레스가 풀려요."라고 제안을 하기
도 하는데, 기회가 별로 없었던 것 같다. 그 대신, 나는 재작년 4월부
터 매주 일요일마다 거의 하루도 빠짐없이 서울 근교를 여행하기 시
작했다. 사진도 별로 없고, 정확한 동네 이름이나 식당 이름도 기억
이 잘 안 나지만, 나는 서울 생활에 찌들어 있는 사람들에게 '하루 힐
링 여행'을 소개해 보고자 한다.

　나는 작은 차가 있고 운전을 즐겨서, 내 여행은 어떤 '도전'이나 '모
험'의 의미보단 '편히 경치 즐기며 맛있는 음식 먹기'에 있다는 걸 기
억해주길 바란다.

1. 하루여행 초보(총 소요 시간 3~5시간)

A코스: 북한산, 장흥

　북한산 초입에 S 보리밥 집이 있다. 주꾸미, 황태구이, 들깨 수제비,
해물파전 등이 맛있다. 그 앞에 한정식집도 좋다. 조금 올라가면 둘레
길이 나오는데 가끔 거기를 십 분 정도 걷다 오기도 한다. 장흥은 유
원지라 진짜 맛집은 아직 못 찾았다. 하지만 고개를 넘어가면 호수가
보이는 H 카페가 좋고, 그 앞에 곤드레밥이 나오는 한정식집이 있다.

B코스: 임진각, 헤이리

　자유로를 따라가면 끝에 임진각이 나온다. 가는 도중 강도 계속 보

여 좋은데, 왠지 북한에 가까이 온 것 같아서 기분이 좀 으스스하다. 거기 전망대에 올라가면 식사를 파는데, 가격이 좀 비싼 것 같아서 그냥 커피나 한잔 마시고 거기 놀이동산에서 바이킹을 타고 그 옆 기념품 숍에서 건강음식을 사서 나온다.

임진강 동네에는 B각, B정 음식점들이 유명하고 주로 먹는 음식은 장어구이힘쓸 데도 없다 이젠, 참게 매운탕, 토종닭으로 만든 닭볶음탕, 백숙 등이 유명하다. 헤이리는 예전의 예술적이고 고즈넉한 낭만이 조금 없어져서 아쉽지만 카페들은 좋다. 세련된 음료들이 많다.

건너편에 있는 P 레스토랑도 가끔 가는 편인데 거기도 좀 비싼 것 같다. 대학교 때 아빠랑 처음 갔을 땐 세상에 뭐 이런 곳이 있나 신기했는데, 지금 거기에 판 벌려 놓은 거 보면. 역시 돈 버는 사람은 따로 있나 하는 생각이 든다. 참, 장어구이나 백숙도 좀 부담스럽거나 어린이 입맛인 사람들은 자유로에 있는 출판단지 근처 휴게소에서 간식을 사먹고 가길.

C코스: 양평, 양수리, 양주, 청평

북한강이 있고 카페 많은 곳들. 처음 동료 강사를 따라 B 식당 갔을 때도 충격을 받았다. 이런 '자연'스러운 곳이 근교에 있다니… 나중에 아빠한테 얘기를 들었는데, 공무원을 하던 아빠 친구가 퇴직하고 오막살이 같은 집을 사서 그 식당을 차리고 지금은 대박이 났다고 한다. 여기도 돈 버는 사람 따로 있네… 암튼, 강 주위에 있는 카페들은 연인들을 위해 설계된 집이고, 강 보여준다는 이점 하나로 커피 값이 너무 비싸서 이제는 잘 안 가게 된다. 자꾸 가격 말하는 걸 보니 나 요즘 힘들긴 한가 보다

B식당 옆 조안면에서 만두와 찐빵을 사서 차에서 먹으며 다음 장소로 떠난다. 참, 가끔 양평 용문산에도 가는데, 거기 천년 먹은 은행나무 있는 데까지 올라가서 나무를 보며 소원을 빌면 왠지 다 들어줄 것만 같다.

D코스: 인천(오이도, 소래포구), 강화도

작은 바다라도 바다가 필요하면 오이도에 가서 회타운 그런 데서 회 먹거나 조개구이 먹고 그 앞에 바다에 가서 조금 느끼고 온다. 입구에 5,000원을 내면 손금 봐주는 할아버지들이 있는데, 나 보고 내가 남자를 우습게 여겨서 결혼생활이 좀 힘들 거라고 한다.

강화도도 비슷한 느낌. 친구랑 펜션에 가서 자고 온 적이 있는데, '검색'해서 찾아낸 펜션들이 예약이 꽉 찼다고 실망하지 말길. 직접 가보면 블로그 안 해서 검색에는 안 뜨지만 예쁘고 싼 빈 방들이 많다. 그 후 나는 아무리 연휴에 숙박 장소를 못 구하고 어디로 1박 2일 여행을 가게 돼도 걱정 안 하고 떠난다. 가면 많다.

E코스: 소요산, 신북 온천

소요산에 가면 아래에 건강식 식당들이 많다. 밥을 먹고 자재암까지 올라갔다 온다. 한 시간 정도 소요 딱 좋다. 더는 걷지 않는다. 때로는 신북 온천에 가는데 시설이 참 좋아서 이것저것 체험하거나 자다 보면 두 시간은 그냥 간다. 뭔가 이 동네에서도 맛집을 발견하고 싶어서 매의 눈으로 검색 끝에 동두천 시내에 있는 한정식집을 알아냈다. 'H향기'라는 곳인데 퓨전 한정식집이고, 주인아줌마가 친절하시고 음식이 정갈하고 맛있다. 사실 여기는 진짜 최고다!

2. 하루여행 감 잡은 중급(총 소요 시간 5~7시간)

이제 1코스로는 성이 안 찬다. 조금 더 큰 자연을 보고 싶다는 욕구가 스물스물 올라간다. 난 경기도에 만족하지 않고 강원도까지 달리는 경우가 많다. 지금 말하는 곳은 단품으로 체험해도 좋고, 1번초급 편과 콤비로 두 개를 즐기면 더 좋다.

A코스: 가평—명지산, 명지계곡

어렸을 때 아빠가 명지계곡을 너무 좋아해서 여름마다 우리를 데리고 가셨다. 어른이 되어서 간 그곳은 그야말로 내가 산에 둘러싸여 있다는 기분이 들게 해 준다. 산속으로 계곡을 따라 차를 몰고 가다 보면 거의 정상에 'P 하우스'라는 곳이 있다. 기독교인들 단체 모임을 위해 지어진 모던한 빌딩인데, 커피와 빵이 싸고 경치가 예술이다. 이건 절대로 싸서 찾아낸 거 아니다. 명지산에는 카페가 별로 없다.

B코스: 화천, 옥천

산을 넘고 계속 가다 오른쪽으로 가면 화천이 나온다. 작은 동네인데 군인들이 많은 듯. 카페에 앉아 있으면 나 외지인인 거 너무 티 나고, 그냥 내가 군인 동생 면회 온 사람처럼 보일 거라는 생각이 많이 든다. 겨울에는 산천어 축제를 하는데 그땐 주차하기도 힘들어서 가

본 적은 없다. 하지만 인근에서 하는 빙어 축제나 송어 축제는 몇 번가 보았다. 어쩔 때는 양평에서 직진해서 옥천에서 냉면맛있다을 먹고 숲 속을 달려 화천으로 넘어가기도 한다.

C코스: 춘천, 소양강

춘천은 내가 지식이 없어서 명동에서 닭갈비를 먹어봤는데기본 코스, 나름 블로그 찾아서 간 유명한 집인데, 솔직히 말하면 서울과 똑같았다. 뭐 다 그렇지. 어쩔 땐 소양강에 간다. 잠시 경치를 구경하고 내려오면 또 닭갈비집이 많은데 그중에서도 차가 많이 주차된, 번호표 받는 집이 하나 있다. 된장 맛도 나는 것 같고, 뭐 좀 부드럽고 맛있는 거 같기도 하다. 그래도 나랑 내 친구 홍수정은 우리만의 철학이 있다. "이 세상에 줄서서 먹을 만큼 맛있는 음식은 없다!"라는.

D코스: 홍천

양평에서 직진하다 왼쪽으로 꺾지 않고 계속 쭉 가면 홍천이 나온다. 화로구이가 명물이다. 최근에는 송어회집을 하나 발견했는데, 야채랑 회랑 참기름이랑 콩가루랑 비벼먹으니 별미다. 그리고 난 스키는 못 타지만 비발디 파크 앞을 지나 다시 숲 속을 운전해서 돌아온다.

E코스: 포천, 광릉

여행을 마치고 포천을 지나 집으로 오는데 포천에 가면 주로 갈비를 먹는다. 갈비집들이 늘어서 있다. 근데 요즘은 하도 서울에 싼 고기뷔페집이 많아서 거기도 잘 안 가게 된다. 때로는 포천에서 온천을 하기도 하고, 때로는 광릉수목원을 거쳐서 돌아오는데 광릉에는 깔끔한 한정식집이 있다. 양은 좀 적은 것 같다.

3. 체력이 되나요? 시간이 되나요? 자연이 더 필요한가요? 그럴담 하루여행 고급 코스를~! 총 소요 시간. 아침 10시 반에 서울 출발하면 저녁 9시쯤 집에 도착할 수 있다

A코스: 인제

인제에 가면 내린천에 간다. 절경이다. 또 호연지기가 길러진다. 인제에는 다른 좋은 곳들도 많다는데 아직 못 가봤다. 20대 중반에 선을 본 남자가 군의관을 갔는데 래프팅하러 놀러 오래서 난 무식해 보일까 봐 일단 알았다고 하고 친구들한테 래프팅이 뭐냐고 물어본 적이 있다. 친구가 "그거 얼굴 당기는 시술이야. 너 그거 해줄려나 보네…"라고 자신 있게 말해서 난 "그건 리프팅이야!"라고 말하고 한바탕 웃은 기억이 난다.

B코스: 속초

아~ 속초는 내가 세상에서 제일 좋아하는 곳이다. 산이 있고 바다가 있기 때문이다. 인제까지 왔는데 그냥 돌아가면 뭔가 손해 보는 것 같아서, 난 속초까지 밟는 적이 많다. 속초에 처음 진입할 때의 그 공기, 경치는 나를 정말 행복하게 해준다. 작년에만 다섯 번은 간 것 같다.

속초에서 유명한 곳은 갯배 타는 곳. 거기에 있는 생선구이집을 두

번 갔는데 정말 여러 가지 생선을 숯불에 구워주는데 싸고 맛있다. 대포항에 가면 회센터가 있는데, 가기 전에 옆에 있는 튀김타운에서 오징어순대랑 새우튀김을 사간다. 거기도 늘 줄 서는 집이 하나 있는데 난 또 '바이럴 홍보 업체의 힘'이라 믿고 줄을 서지 않는다. 꼭 다른 집에서 사면서 힘을 실어준다.

또한 속초에서는 닭강정이 유명한 것 같은데, 나 또 줄서기 싫어서 아직 못 먹어봤다. 나중에 속초가 고향인 학생에게 그게 그렇게 맛있냐고 물어봤다. 학생의 대답 "그냥… 닭이 닭이죠 뭐." 내가 원하던 답이었다.

C코스: 평창

여기는 예전 우리 강아지가 살아있을 때눈물 난다 강아지랑 갈 수 있는 펜션이 있어서 자주 갔다. 돈을 내면 삼겹살 바비큐와 주인아줌마가 정성껏 재배해서 만든 반찬을 주는데 건강해지는 기분이다. 아저씨는 강남에서 대기업을 다니다, 아줌마가 건강이 안 좋아지셔서 다 접고 내려오셨다고 한다. 자연에서 좋은 것 먹고 살다 보니 이젠 거의 다 완치하셨다고… 참, 평창은 당일여행으로는 비추이다.

자연에는 어떤 힘이 있는 것 같다. 간혹 사람들이 어딜 그렇게 갈 데가 있냐고 물어보는데 한마디로 정리하기가 어려워서, 오늘 좀 풀었다.

다 쓰고 나니, 누구랑 이렇게 다녔는지 궁금한 분들이 있을 것 같다.

아~ 나 있어 보이려고 끝까지 안 밝혔는데, 눈치채셨겠지만 사실 지금 건강이 안 좋은 아빠랑 다녔다. 아빠는 주말에 나랑 여행 가는 게 요즘 최고의 낙이라고 말씀하신다. 그리고 내 주위 사람들은 나더러 '반전녀'라고 말한다. 낮에는 열심히 일하고, 밤에는 신나게 놀고, 일요일에는 효녀활동을 하는 나. 이젠 시간을 더 쪼개서 '남자가 들어올 자리'를 만들어야겠다.

● Question
기회가 생기면 하루 동안 잠시 다녀오고 싶은 곳은? 누구와 가서 무엇을 하고 싶어?

SNS는 인생의 낭비이다

나는 컴맹이다. 생긴 건 꼭 컴을 능수능란하게 다룰 것 같은 여자이다. 하지만 난 기계를 익히는 게 너무 무섭고 귀찮다.

수학과에 들어가서 처음 중간고사 'C언어'를 보는 날이었다. 나는 과대표 복학생 오빠에게 "컴퓨터 어떻게 켜요?"라고 물어봤고, 그 이후 나는 '수학과에 바보가 하나 들어왔다'고 유명해진 적이 있다. 그리고 그해 여름, 난 우연히 그 당시 유행하던 '천리안'을 시작했고 그건 우리 과에서 큰 이슈가 되었다천리안 알아?. 박수현이 천리안을 한다고...

그 후 나는 남들 다 하는 싸이월드도 한 적이 없고, 친구들과의 소통도 멈추고 학생들의 영어에만 신경 쓰는 일중독 강사로 오랫동안 살았었다. 5~6년 전에 만나던 남자가 페이스북을 하는 법을 알려주었다. 처음에는 관심이 없었다. 처음엔 내가 무슨 글을 올려도 사람들 반응이 없어서 조금 의기소침해졌었다.

지금 나는 페북 중독이다. 많은 사람들이 내 생활에 관심을 가져줘서 신이 났기 때문이다. 난 이제 어떤 모임에 가도 사진을 찍자고 하고, 늘 나의 행복한 모습을 보이는 데에 여념이 없다. 사람들은 그들의 대화를 하는데, 나는 사진을 올리고 태그를 시키는 데에 정신이 없다. 그리고 그런 식으로 올라온 다른 사람들의 인생을 늘 구경하고 지내왔다.

"SNS는 인생의 낭비이다."

글쎄... 적어도 나한테는 아니다. 난 페북을 통해 그동안 잃었던 친구들 200명은 찾았고, 많은 사람들에게 박수현이 지금 인기강사 티파니로 멋지게 살고 있다는 걸 보여주고 있다. 간간히 페북을 통해 연락 오는 옛 남자들도 꽤 있다. 그러다 요즘엔 회의가 들기 시작했다. 과연 이것이 우리들의 진실된 인생의 모습을 보여주고 있는 게 맞는 건지...

'보이는 것이 이렇게 많은 세상에서 우리는 또 뭐를 이렇게 보여주려고 힘쓰는 걸까...' - 미생에서 나온 대사

연구에 의하면 페이스북 친구가 300명이 넘어서기 시작하면 자기 인생이 불행하다고 생각이 들기 시작한다고 한다. 그도 그럴 것이 늘

남들의 행복한 사진과 맛있는 음식 사진이 범람하고 있으니 그냥저냥 일을 하며 성실히 사는 사람에겐 상대적 박탈감이 클 것도 같다.

여행을 가도, 데이트를 해도, 맛있는 음식을 먹어도. 오직 '보도'에만 관심이 있는 내가 그 소중한 순간에 과연 온전히 집중을 할 수 있을까 하는 의문이 생기기 시작했다. 사람이 불행하다고 느끼기 시작하는 데에는 '비교'가 큰 작용을 하고 있는 것 같다. 나한테 오롯이 집중하고 있으면 행복한데, 또 괜히 옆에 매우 돈 잘 버는 강사를 보면 나도 모르게 위축이 된다. 내가 더 열심히 살았는데. '내가 강의 더 잘하는데...' 하고

현대인들은 정말 치열하게 열심히 산다. 그리고 제법 괜찮은 삶을 영위하고 있다. 그럼에도 불구하고 행복하다고 느끼는 사람이 그리 많은 것 같지 않다. 원인은 뭘까.

TV와 SNS

우리는 너무 많은 걸 알아 버렸다. 상류층 사회의 모습도. 나보다 못하던 친구의 지금 잘나가는 생활도... 사람이 다른 것에 신경을 쓰면 잡념이 생기고 내 일에 집중이 잘 안된다. 그걸 알면서도 자꾸 다른 것에 신경을 쓴다. 그게 또 재밌다. 페북에, 인스타에, 그리고 카톡에 신경을 기울이는 게 재미있긴 하다.

근데 이거 알아? 그렇게 신경을 쓰고 잡생각을 하다가 어느 순간 정신이 번쩍 들어서 다시 내 일에 집중을 하게 되면, 신기하게도 잡념도 없어지고 고민도 없어진다. 거기에는 신나는 쾌락은 없지만 또 건전한 에너지가 있고 그게 새 힘을 솟구치게 한다. 그리고 그때, 그동안 누구도 대신해 줄 수 없었던 행복의 감정이 느껴지기도 한다.

일하자. 학생은 공부하자. 우리가 성숙하고 멋지고 인간다울 수 있는 오직 하나의 방법은 자기 일공부을 열심히 하는 것 같다. 돌이켜 보면 난 놀 때나, 연애할 때나. 순간의 즐거움은 있었겠지만 이제 와서 생각해도 그 순간이 최고로 소중했다고 여겨지지는 않는다.

내 인생을 더 행복하게 만드는 방법 중에 하나로 나는 '집중력'을 꼽고 싶다. 물론 한껏 집중하다가 또 재미가 없어지면 잠시 즐거움을 찾을 것도 같다. 그래도 이렇게 힘들고 경쟁이 치열한 사회에서 너의 스펙보다도, 너의 요령보다도, 너의 빽보다도 너를 살려주고 높여주고 행복하게 만드는 건 네가 맡은 일에 대한 집중력이 아닐까…

비교하지 말고, 과시하려 하지 말고 온전히 너 자신과 너의 소중한 사람들에게 한번 집중해 보자. 놀라운 일이 일어날 것 같다. 난 1~2월 동안의 긴 방황을 끝냈고, 다시 일에 무섭게 집중하기 시작했고, 또다시 행복해지기 시작했다.

● Homework
지금 SNS에 가서 오랫동안 소홀했던 사람의 포스팅에 '좋아요' 하나 남기자.

너! 너 좀 챙겨!

우리는 어렸을 때부터 너무도 자연스럽게 인정을 받으려고만 노력해 왔다. 어렸을 때 처음 걸음마를 하면 부모님이 환호한다. 그래서 더 열심히 걸었고, 나를 보며 즐거워하는 사람들을 위해서 예쁜 짓을 하고. 말을 떼고 말을 하고, 자라면서는 좋은 성적을 받아올 때마다 기뻐하는 부모님을 더 기쁘게 해 드리려고만 노력했지 정작 내가 좋아하는 건 뭔지 생각할 기회가 없었다.

몇 달 전 일이다. 친하게 지냈던 친구가 오랜만에 만나자고 연락이 왔다. 그 아이가 어렵게 입을 열었다. A 직업을 오래 하다, B 회사에서 좋은 자리를 줘서 이직한 지 한 달 되었다고. 근데 A 직업에서 다시 돌아오라고 한단다. 그 아이는 지금 좀 고생하면 미래가 보장될 것 같다고 했다.

친구는 고민을 오래 해온 것 같았다. 친구의 부인은 A로 가는 걸 싫어한다고 했다. A는 연봉이 천만 원이 적은데 아이들 곧 학교도 보내야 한다고. 그런데 부모님은 A 일을 하는 그 친구를 더 자랑스럽게 여기신단다. 얘기를 듣던 내가 말했다.

"친구야, 지금 네 말에 넌 하나도 안 들어가 있어. 넌 가족이랑 부모님 입장만 생각해. 너 장남이지! 친구야. 자, 잘 생각해봐. 네가 진짜 하고 싶은 건 뭐야?"
"나? A..."
"그럼 A 해. 돌아가. 연봉 천만 원이 그렇게 필요한 돈이면 부인이 나가서 벌어오겠지. 지금 휴직 중이라며. 일도 할 줄 아네. 네가 너무 곱게 보호해줘서 나약해지는 거야. 윽~ 화난다. 야. 일 경험 없고 더 곱게 자란 여자도 급하면 다 나가서 하게 되어 있어!"

내 친구는 놀랐다. 그리고 너같이 말해주는 사람은 처음이라고 했고, 그 다음 날 사표를 냈다.

'인정받고 싶은 욕구'는 누구에게나 있다. 남을 너무 의식해서 자기 마음대로 하지 못하는 우리들. 그래서 요즘 『미움 받을 용기』라는 책이 뜨나 보다. 나. 매우 안 이기적이다. 주위 사람들 정말 잘 도와준다. 손해도 잘 보고 산다. 근데 결정적일 땐 나, 나 챙긴다. 그리고 제일 소중한 우리 학생들 챙긴다.

때로 나쁜 남자랑 헤어지게 되면 제일 화나는 건 '네가 뭔데 날 기분 나쁘고 슬프게 해서 강의에 집중 못 하게 해.' 이 생각뿐이라서 난 더 그를 빨리 잊을 수가 있다. 대부분의 우리는 늘 주위를 의식하고 모두가 날 좋아하기를 바라며 살아간다. 그건 아마 본능적으로, 혼자 남게 되면 외로워지는, 그리고 그 외로움을 두려워하는 우리의 습성 때문일지도 모른다.

난 '주위의 있는 친한 사람들이 너무도 강력한' 남자를 사귀어 본 적이 몇 번 있다. 자기 친구들이 일등인 남자. 어제도, 오늘도. '의형제'라 여기는 '가족 같은 사람들'을 만나 시간 뺏기고 건강 뺏기며 술 마시느라 정작 소중한 것들과 자기 자신은 돌아보지 않고 있다. 나 좀 챙겨줘...

요즘 친형제도 못 믿는 세상에, 그 의형제가 너에게 얼마나 도움이 된다고. 만약 네가 아주 큰 어려움에 처했을 때 그 '가족 같은 사람들' 중 누가, 얼마나 널 진심으로 도와줄까. 다 도와준다고 하면 다행이고. 그럼 그건 내가 오해했네. 미안~ 난 거절을 못해서 착한 여자 콤플렉스가 좀 있었음 혼자 많은 짐을 맡고 힘들어했던 적이 참 많았다. 그러고 난 후 이제 나름 '거절 하는 법'을 터득했다. 그리고 또 몇 가지 조언을 드리려고 한다.

1. 거절하기: 무조건 부탁을 다 수락하지 말길. 우선 네가 할 수 있는 건 다 해줘. 여유가 있고 마음이 내키는 선에서. 그래도 무리한 요구가 들어온다면 "며칠만 생각할 시간을 주세요."라고 말하고 일단

시간을 벌어. 그러고 나면 나중에 네가 거절할 수도 있고, 정 뭐하면 잠수탈 수도 있어.

2. 너부터 챙기기: 네가 잘되어야 친구도 오고 형제도 따르는 거다. 명심해. 일단 너의 성공에 집중해.

3. 너를 제대로 마주하고 네가 좋아하는 것을 찾아 해주기: 외로워지는 게 두려워? 혼자 남는 게 두려워? 가장 좋은 친구인 '네 자신'이 있는데. 열심히 사는 네 자신을 제일 먼저 행복하게 해줘. 너무 뻔한 말인가?

많은 사람들이 나에게 이렇게 말한다. "티파니, 너 나중에 자식 없으면 후회할지도 몰라." 이런 말을 들을 때마다 난 항상 이렇게 말해. "저는 제가 제 자식이에요. 그래서 제가 원하는 거 마음껏 해주려고요. 재작년에는 골프를 하고 싶대서 배우게 해주었어요. 또 먹고 싶은 거, 갖고 싶은 거 있음 풍족하게 누릴 수 있게 해주려고 열심히 일해요." 이 말은 들은 어떤 남자가 말했다. "혹시... 나도 네 아들하면 안 될까?"

인간은 본능적으로 자기 자신을 먼저 챙기는 존재라고 한다. 사람이 연인과 헤어져서 슬픈 이유는 떠나간 그 사람이 좋은 사람이라서인 것도 있지만 혼자 남는 내 자신이 불쌍해서. 앞으로는 그와 함께했던 그 시간에 나 뭐하지 생각하며 슬픈 게 더 크고, 부모님이 돌아가시면 부모님 인생이 가엾어서 우는 것도 있겠지만 본인이 부모님 살아

계실 때 더 잘하지 못한 거에 대한 미안함. 결국 내 마음 아파서 우는 것 같다고 한다.

휘둘리지 말자. 중심을 잡고 네 앞가림부터 하자. 지금 누가 누굴 걱정해 네가 죽게 생겼는데... 일단 너부터 살고 보는 거야. 그리고 나서 사람들을 맘껏 챙겨!

● Remember
세상에서 가장 소중한 건 너다!

살아남기 위해서 힘을 길러야만 했다

아빠가 기업에 들어가시게 되고 아빠 이야기 편 참조 우리는 과천으로 이사하게 된다. 난 3~6학년을 과천에서 보냈고, 6학년 때 열성 엄마의 결정으로 다시 반포로 이사를 오게 된다. 아무리 집이 어려울 때에도 엄마는 나를 항상 공주처럼 입혔다. 엄마는 종종 남대문 새벽시장에 가서 부터 나는 원피스를 사왔고, 때로는 천을 떼어다 직접 바느질을 해서 원피스를 만들어 입히셨다.

키가 크고 피부가 하얗고 항상 공주 옷을 입고 다니던 나는 누가 봐도 재수가 없었다. 처음 반포로 전학 온 날. 청소 시간에, 같은 반 여자아이들이 나한테 돌진해서 한바탕 폭언을 퍼붓는다. 난 겁을 먹고 울었고, 옆에서 보고 있던 남자아이가 구세주 나타나서 날 도와준다. 그 아이는 이렇게 말했다. 지금도 생생하게 기억남

"너희들 그만하지 못해?! 왜, 촌에서 왔다고 친구를 조롱해!"

촌에서 왔다고... 조롱해... 촌... 조롱해... 촌... 조롱... 악~ 네가 더 나빠 이 자식아!

중학교를 가도 고등학교를 가도 난 종종 껌 씹는 아이들의 타깃이 되었다. 난 고등학교 때 늘 교복 주머니에는 고무줄을 넣고 다녔다. 집에 가는 길에 날라리 아이들이 시비를 걸면 얼른 머리부터 묶었다.

…중략…

점점... 깡이 세졌다.

11년 전. 강남 학원을 그만두고 종로로 왔다. 그때 종로는 '학원의 메카'라고 불리던 전성시대였고 종로로 입성하는 일은 강사들에게 있어서 쉽지 않던 때였다. 마침, 그때 종로에 계시던 원장님은 강남에 있을 때 나를 매우 좋게 봐주시던 분이였는데, 그래서 이미 내가 오기 전부터 강사들 사이에선 소문이 파다했었다고 한다. 낙하산 온다고. 아니야~!

또. 나를 싫어하는, 사람들의 익숙한 기운을 느꼈지만, 그때 나는 생각한다. 그들과 잘 지내려고, 내 실력을 빨리 입증하려고, 어떤 노력도 하지 말자. 시간이 지나면 다 자동으로 해결될 일이니까. 지금 나는 여기에 가장 오래 있었고, 누구하고도 잘 지낸다. 이제는 많은 사람이 내가 얼마나 성격 좋고 괜찮은 사람인지 아는 것 같다. 11년 걸렸다.

　다행이었던 것은. 왕따를 당할 때에도, 나를 진심으로 좋아하는 친구가 언제나 늘 한 명은 옆에 있었다는 거다. 그건 정말 천군만마를 얻은 기분이다. 나를 진정으로 이해해 주고 좋아해 주는 친구가 있고, 나를 제일 사랑하는 내 자신이 있고, 함께할 소주 한 병세 병?이 있다면 서글플 일이 아무것도 없다. 그래서 나는 지금도 여러 사람이 모인 자리보다 한 사람하고 이야기하는 걸 제일 좋아한다. 내 얘기도 하고. 그 친구 얘기도 충분히 듣고.

　사람들은 자기들이 동물원의 원숭이를 보고 있다고 생각한다. 하지만 어쩌면 원숭이가 우리들을 보고 있는 걸지도 모른다. 무리에 속해야만 안심을 하는 기본 심리를 가진 사람들은 그 무리에 속하지 못

했을 때 매우 불안해하고 두려워한다. 근데 어쩌면 그 무리는 감히 너를
수용하기에는 너무 미비한 집단일 수도 있다. 네가 정말 잘난 건데,
그 분위기와 순간의 불안감으로 위축이 되어서 네가 얼마나 크고 빛
나고 있는지도 보지 못하고 그냥 기가 죽는 수가 많다는 말이다.

이제 나는 멋을 내지 않는다. 명품 백을 든 여자보다 화려한 옷을
입은 여자보다 속이 깊고 따뜻한 여자가 더 예쁘다는 것을 너무 늦게
알게 되었다. 그래도 너무 거지같이 하고 다니진 않아.

나는 고등학교 때와 대학교 때 기억이 거의 없다. 사람은 기억하고
싶지 않은 걸 지우는 능력이 있나 보다. 내 기억은 중학교 때에서 바

로 재수학원, 그리고 외국 생활로 넘어간다. 열심히 살지 않았던 대학 생활도 기억에서 지워져 버렸다최근에 다시 모교를 챙기며 뿌리를 찾기 시작했다.

하지만 16년 동안 가르친 학생들은 한 명도 지우지 않았다. 대부분의 예전 학생들은 내가 자기를 모를 거라고 생각한다. 근데 난 어떤 오래 전 학생이 와도 1분 안에 이름과 그 아이에 대한 정보가 다 떠오른다.

부족한 나를 항상 좋아해 주는 사람들, 학생들 진심으로 고맙고, 난 또 보답하기 위해 노력한다. 최근. 나를 다시 찾아주고 챙겨주는 옛날 친구들도 정말 고맙다20년 걸렸다. 나 고등학교 때 어두웠는데 그런 과거 잘 모르고 늘 함께해준 재수학원 오빠들과 친구들은 아직도 제일 좋다.

지금 '인간관계' 때문에 힘들어하는 사람들 모두가 내 글을 읽고 용기를 냈으면 좋겠다.

● Question
어렸을 때, 본인을 힘들게 한 사람이 있어? 그 사람을 다시 만날 기회가 생겼을 때 어떤 모습이 되어있고 싶어?

강자한테 약하고 약자한테 강한 사람들

오늘 아침 아빠가 정세균 의원 아들 결혼식에 가자고 하신다. 좋은 기회이다. 나도 곧 유명인사가 될지도 모르니 훌륭하신 분께 인사를 드리는 건 옳다. 게다가 종로구 의원이시니, 꼭 뵈어야 한다!

결혼식을 마치고 아빠와 나는 강화도를 한 바퀴 돌았다. 돌아오는 길에 너무 피곤해서 잠시 휴게소에 들렀다. 정말 피곤했는지 주차를 하다 뒤에 차에 살짝 닿았다. 정말 느낌도 안 날 정도로 살짝 닿았다. 이미 저쪽에서 무식한 말투 아저씨의 험한 소리가 들린다. "똑바로 보고 운전 못해!" 어쩌고 저쩌고... 아~ 나 양아치 걸렸다!

일단 내렸다. 내 자태나이, 외모 등를 확인하고 더 기가 산 아저씨는 더 소리를 지른다. 한 번. 정중히 사과했다. 계속 소리를 지르며 있지도 않은, 자기 차에 난 스크래치를 미친 듯이 찾는다. 네 얼굴에 있는 스크래치나 좀 찾지 그러니… 한 번 더. 죄송하다고 말했다. 그는 누 그러지지 않았고, 난 그 순간 대학교 때 사건이 오버랩이 된다.

4학년 때 면허를 따고 학교에 차를 몰고 갔는데 접촉사고가 났다. 그때도 앞에서 험상궂은 아저씨가 내렸고 난 아저씨가 진정 원하는 거돈 십만 원를 간파하지 못하고 계속 죄송하다고 하며 질질 운다. 그 모습을 본 같은 과 남자아이가 정리를 해줬고 나중에 이렇게 말했다.

"운전하다 보면 그럴 수도 있는 거지. 너 죄진 거 아니야. 보험 처 리해서 물어주면 되는 거야. 계속 잘못했다고 하지 마."

참, 결국 그 아저씨는 보험 처리해달라고 전화하지 않았다.

아까. 순간 그 아이의 환청이 들리고 난 사과를 멈춘다. 어차피 두 번 했는데도 그 아저씨가 너그러워지지 않으면 그만하려고 했다. 난 내 얼굴에 모든 표정을 뺀다. 최대한 낮은 톤으로 차분하게 말한다.

"보험으로 처리하겠습니다."

이상하다. 험상궂은 아저씨가 움찔한다. "보험 처리 뭐 시간 걸리 고~" 뭐라고 하는데 난 그냥 전화를 건다. 그리고 최대한 낮은 톤. 고 상한 선생님 말투로 보험회사 직원에게 상황을 설명하고 양아치 그 사람한테는 "보험회사 전화 갈 겁니다." 계속 무표정으로 난 차분하 게 말한다.

"이제 그만하시죠."

이 사람 아까 그 기개가 하나도 없다. 순하다. 뭔가 기싸움에서만은 내가 이긴 것 같다.

2년 전. 아주 가까운 사람한테 돈 문제로 나쁜 일을 당하고 난 정말 힘든 경험을 많이 했다. 수업 시간에 미친 듯이 걸려오는 캐피탈 대부업체의 목소리 무서운 아저씨들은 날 죄인 취급했다. 처음엔 전화만 받으면 울었고 그 담엔 용기를 내서 소리를 지르고 싸웠고 나중엔 그들에게 그 사람들의 잘못을 논리적으로 잘 주지시켰고 나름 절충도 했다. 그때 내가. 무서운 아저씨들과 싸우는 기술이 많이 늘었나보다.

내가 궁지에 몰릴 때, 항상 힘을 주는 건 우리 학생들이다. 난 억울한 일을 당하면 참다 참다 결국 터뜨린다. 사실, 학생들을 생각하면 힘이 난다. 내가 누군데. 나 종로 티파니인데! 내가 빌빌거리고, 잘못된 걸 아는데도 꾹 참는 이런 사람이 되면 난 학생들을 볼 수가 없다.

우리 아빠는 멋진 정치인이다. 학생 때부터 민주화 운동의 주동자이셨고, 불의와 타협하지 않는 분이셨다. 민주화 운동 투사이신 아빠는 젊었을 때 감옥에 4번 다녀오셨다. 피아노 레슨을 하며 엄마는 대전으로 서대문으로 면회를 다니셨고 난 여섯 살 때부터 집에서 세 살 어린 동생을 돌보며 감자도 튀겨주고, 핫케이크도 만들어 줬다. 건강

그 때문인지 지금도 난 동생들, 학생들을 보면 늘 애틋하고, 힘든 일을 겪고 나한테 의지하는 블로그의 여린 아기들을 보면 진심으로 많이 도와주고 싶어 하는 것 같다.

한강을 2시간 동안 걷고 방금 들어왔다. 날 기다리던 아빠는 김병총 작가가 쓰신 『4월 혁명』이라는 책을 보여주신다.

"요즘 들어 네가 생각하는 거, 말하는 거를 보니 아빠랑 DNA가 똑같은 거 같아. 여기에 아빠 얘기 나오는 거 조금만 읽어보면, 네가 왜 그렇게 행동하는지 알 수 있을 거야."

내 글 보는 사람들은 내 얘기 잘 들어주니까 몇 가지만 말할게.

1. 결국 너에게 깡을 주고 힘을 주는 건 네 일이야. 네 자신에게 믿는 구석이 있어야 당당하고 강해질 수 있어.

2. 정말로 크게 잘못되지 않았는데, 식당에서 서빙하는 분, 학원 등의 데스크 직원에게 멋지게 컴플레인하는 너를 똑똑하다고 생각하며 우쭐해하지 마. 그분들은 받아줘야만 하는 자리에 있어. 웬만하면 그런 힘은 아껴 두었다가 나중에 진짜 나쁘고 센 사람한테 한 방에 터뜨려 주지 그러니.

3. 정말로 잘못되었다고 느끼고, 더 이상 참지 않아야겠다고 판단되면 표현하는 게 맞다고 생각해. 아무리 상대가 어른이라도. 단, 흥분해서 이성을 잃거나 울면 안 돼. 백지 표정과 차분한 말투가 제일 무섭게 보인다는 걸 난 이제야 알았어. 남친하고 싸울 때도 마찬가지일 것 같아.

4. 싸움이 끝나고 상대가 떠난 후, 그제야 '아~ 이 말 하면 아까 이길 수 있었는데...' 생각하면 아쉬울 때 많지? 영어도 그래. 그래서 내가 자꾸 수업시간에 빨리 생각하고 말하라고 닦달하는 거야^^

5. 오늘 내용은 조금 무겁고 지루했지...

● Homework
부당한 일을 당하면 참지 말고 싸워 보자. 속으로는 떨려도 절대 겉으로 티가 나면 안 된다.

'아빠'를 부르기만 해도 눈물이 나온다

지금부터 나는 가장 친한 친구에게도, 남친에게도 한 번도 하지 않았던 이야기를 하려고 한다. 매우 힘든 시간이 될 것 같다. 고대 정경대 학생회장 출신이었던 아빠는 어려서부터 안중근 의사와 김구 선생을 존경해 왔으며 정의감과 투지가 유난히 강한 분이셨다.

내가 여섯 살 때, 자고 있는 내 방으로 아빠가 들어오시더니 머리맡에, 사 가지고 온 제과점 롤케이크를 던지고 창문으로 몸을 날려 도망가셨다. 난 지금까지도 롤케이크를 못 먹는다. 아빠는 나한테 그걸 주기 위해 위험을 무릅쓰고 집에 들어왔고, 그 후 3년 동안 난 아빠를 잃었다

그리고 곧 군인과 경찰들이 총을 겨누며 우리 집에 들어온다. 거실에 엄마와 고모와 고모부는 무릎을 꿇고 있었고 계속 아빠가 있는 곳을 말하라고 나쁜 아저씨들에게 위협을 당한다. 우리 고모부는 대령이셨는데, 처남우리 아빠 때문에 잘리시고, 미국 이민을 계획하시며 우리 집에

잠깐 계셨었고, 그때 고모부를 때리던 사람은 고모부의 군대 직속 부하였는데, 고모부가 모자를 안 쓰고 있어서 그 사람이 몰라봤고, 고모부도 아무 내색 안 하고 그냥 당해 주셨다는 이야기를 나중에 들었다.

결국 몇 달 후 아빠는 잡혔다. 나는 반포초등학교에 입학한다. 지금 생각해보니, 그때 우리 집에 돈이 없었을 텐데 어떻게 반포에서 살 수 있었냐고 엄마에게 물어봤더니 월세로 산 거라고 했다엄마는 그때 피아노 레슨을 했다. 그래도 우리 엄마의 교육열은 그때부터 짱이었던 것 같다.

어느 날. 아빠 면회로 정신없던 엄마가 처음으로 학교에 찾아오고, 담임선생님에게 충격적인 얘기를 듣는다. 애가나 주눅이 들어있고, 학교에서 말을 한마디도 안 한다고지금 나를 아는 사람들은 상상도 못 할 일이다.

그 후. 아빠처럼 따뜻하게 대해주신 선생님 덕분에정우영 선생님 나는 차츰 수업시간에 발표도 하고 말을 하기 시작한다. 학교가 끝나고 집에 오면 문이 잠겨 있는 날이 많았는데, 그럴 땐, 엄마가 일 마치고 동생을 데리고 돌아올 때까지 아파트 앞 보도블록에 쭈그리고 앉아서 한없이 기다렸다. 종종, 지나가던 자전거를 탄 과일배달 총각이 내 입에 씻지도 않은 배달하던 딸기 중 하나를 넣어주고 가곤 했다.

아홉 살이 되던 해, 아빠가 출소를 했다. 난 어색한 사이의 아빠께 드리려고 핫케이크를 준비한다. 어지간히 핫케이크 많이 만들었네... 2학년 때 나는 여의도초등학교로 전학을 가고 아빠는 별 직업이 없이 친구가 하는 오락실을 봐주면서 살았던 것 같다. 어쩌다 돈이 조금 생기면 아빠는 일요일에 나와 내 동생을 데리고 중국집에 가서 "너희는 맛없는 탕수육 먹어. 아빠는 자장면 먹을게. 자장면이 더 맛있는 거야." 하고 말씀하시며 우리에게 꼭 탕수육을 사주셨고, 철이 없는 난 '아빠는 왜 맨날 혼자만 맛있는 자장면을 먹나...' 샘이 났다.

그때 여당에서 아빠에게 국회의원을 시켜 주겠다는 제안이 여러 번 왔지만, 아빠는 타협하지 않았다. 정치를 하지 않겠다고 각서를 쓰면 회사에 보내주겠다고 했는데, 그 제안도 단칼에 거절하고 집에 들어온 아빠는 전기세를 못 내서 컴컴한 집에서 배가 고파서 가만히 앉아있는 나와 내 동생을 보고 그 길로 달려가서 회사에 들어가겠다고, 정치 안 하겠다고 각서를 쓴다.

아빠는 나라의 도움으로 대기업 임원이 되셨고, 그때부터 우리 집은 제법 여유로워지기 시작했다. 역사적인 대우조선, 자동차 노사분규 사태가 있다. 아빠는 그걸 극적으로 해결해서 회장님의 신임을 얻고 그 도움으로 우리 땜에 접었던 꿈인 국회의원이 되신다. 14대, 15대

나는 한 번도 아빠가 국회의원이라고 친구들에게 말해본 적이 없었다. 뭔가, 튀고 싶지도 않았고, 사람들은 정치인을 무지 싫어하는데, 우리 아빠는 아니라고 정직하고 청렴결백하다고 일일이 말하고 다니고 싶지도 않았다. 어느 날 대학교 친구들이 우리 집에 우르르 놀러왔는데 경비 아저씨한테 303호 간다니까 "아~ 박 의원 댁!" 이렇게 말씀하셨고, 다음 날 학교에 가니 소문이 쫙 나 있었다. 박수현 아

빠 한의사라고…

나는 2년 동안 거의 하루도 빠짐이 없이 아빠와 일요일마다 여행을 갔다. 지금도 다닌다. 속초도 가고, 수안보도 가고, 춘천도 가고. 어디를 가도 아빠는 말씀하신다. "여기 너 네 살 때 왔었어. 기억나?", "여기 너 열 살 때 고모네 가족이랑 왔었어. 기억나?"

어쩜 내가 지금 여느 여자 같지 않게 대범하고 강할 수 있는 것, 그리고 항상 곧고 정직할 수 있는 것은 어릴 때부터 받아왔던 아빠의 무언의 가르침 덕분이 아니었을까. 철없을 때부터, 어른이 되어서까지, 아빠 가슴에 못을 박는 잘못을 좀 저질렀는데 그때마다 "아빠는 무조건 네 편이야."라고 지지해 주던 그 힘 때문에 내가 지금 좀 더 큰사람이 되어서 많은 사람을 지지해 줄 수 있는 건 아닐까.

오늘 글은 쓰면서 눈물이 참 많이 난다. 나 이런 글 올렸다고 잡혀가진 않겠지? 무심코 쓰고 보니 오늘5.18.에도 잘 맞는 글이네…

2015년 5월 속초 횟집
나: 아빠는 그때 싸울 때 죽어도 좋다고 생각했어?
아빠: 당연하지. 불의에 대해 투쟁하는 건데, 목숨이 뭐가 아깝냐…

● Homework
오늘 아빠와 대화하기 또는 아빠에게 전화 드리기

Chapter 3

꿈, 성공

젊은이들의 탑골공원

취준생이 많은 우리 반은 '젊은이들의 탑골공원'으로 불려왔다.

새벽반, 저녁반, 주말반을 제외하고는 직장인들 나는 하루 종일 취업 준비생들을 상대한다. 강의 첫날. 나는 늘 이렇게 말한다. "옆에 계신 분이랑 밝게 인사하고 따뜻하게 대하며 연습하세요. 여기 모두 힘든 사람들이거든요…"

9년 동안 난 영어면접과 스피킹 테스트를 강의해 오면서 수많은 취준 생들을 보아왔다. 우리 반에 오는 아이들은 크게 두 부류로 나뉘는데,

1. 그나마 학교, 취업스터디, 자격증 준비 등으로 바쁜 아이들
잠깐 학원에 와서 한 시간 수업을 듣고, 바로 다음 스케줄을 따라 이동해야 하는 아이들.

2. 학원에 오는 게 그날의 '최고의 일과'인 아이들

이거라도 안 오면 그날은 완전 할 게 없어. 여기 와서 밥도 먹고 스터디 사람들이랑 공부도 하고, 웃기도 하는 아이들.

우리 반의 별명은 '젊은이들의 탑골공원'이다. 갈 데 없는 젊은이들이 아침에 무작정 집을 나와서 오는 곳. 배식도 해줄 수 있으면 금상첨화일 텐데... 아이들에게는 학원비도 부담이다. 그래도 점수를 올려야겠으니 학원은 다닌다. 여기서 첫 번째 뫼비우스의 띠가 등장!

학원 다녀, 애매한 점수 획득해 ⇒ 면접 가 ⇒ 면접 실패해 ⇒ 학원비 벌려고 알바해 무한 반복

애매한 점수라 함은 토익 860, 토스 150, 오픽 IM3, HSK 4~5급. 영어회화 조금 가능, 중국어 자기소개 외워서 가능다른 거 물어보면 낭패 -_-¨¨.

신입으로 들어가기엔 이젠 나이도 적은 나이가 아니야. 사람들은 눈을 낮추라고 하지만, 나 자존심 상해서 말 안 했는데, 많이 낮췄거든. 면접 보고 나면, 제시하는 연봉은 더 낮아지고. '면접 후 상의'하자는 회사는 더 뻔하고. 걔네가 지시하는 거 다 해야 하니까. 내가 배짱인 건가...

진짜 연봉 2,000 받고 일해 봤는데. 핸드폰 요금 내고, 보험 내고,

옷 안 사고, 화장품 싼 거 쓰고 살 수는 있겠는데... '그것이 과연, 기본적인 삶을 영위는 할 수 있게 해 주는 돈인가.' 의문이 자꾸 들어서... 평생 이렇게 쪼개 쓰고 아주 조금씩 저축해서, 5년 후 10년 후 그걸로 뭐 하지? 계산해도 답은 안 나오고. '이직해야 하나...' 생각하고 '그만두면 어디서 날 써주나...' 생각하다 '결국 그 나물에 그 밥이다.' 생각하고 그냥 안착하기로 하고.

취직 힘들고, 이직 힘들고, 재취업 당연 더 힘들고. 5포 세대, 7포 세대 이야기 나오는데, 나 하나 건사하기 힘든 이런 세상에서 연애는 정말 사치인 거야. 결혼은 어느새부터인가 부자들의 전유물처럼 느껴져. 이젠 평범하게 사는 게 제일 어렵고 부러워...

돈 안 쓰고 집에만 있으니 너무 우울해서, 친구라도 만나고 오면 뫼비우스 띠 2

나가서 친구 만나 ⇒ 돈 써. 스트레스 해소도 하고 행복해 ⇒ 돌아오는 길. 영수증 확인하고 후회 ⇒ 집에 며칠 처박혀. 더 우울해짐 무한 반복

조언 타임!

나 감히 조언을 못 해주겠다. 알지도 못하면서, 아이들이 지금 얼마나 말도 못 하고 아파하면서 열심히 살고 있는지도 모르면서, 괜히

어쭙잖게 "힘내!", "눈을 낮춰!", "네 꿈을 찾아!", "도전해, 모험해!" 이렇게 외쳐대는 사람들아. 그만하자.

늘 올해 취업시장은 최악이라는 소리를 듣고 살았지만, 불과 3~4년 전만 해도 이보다는 훨씬 나았다. 얘네들 충분히 힘 다 내고 있고, 속으로 이미 눈 바닥까지 낮췄고 자존감 함께 내려놨고, 꿈이 뭔지 감히 생각도 못 해야 하고, 무턱대고 모험 권유하다 얘네들 다 망하면 네가 책임질래?

지금, 모든 걸 멈추었고, 아무 생각조차 이젠 없는 아이들아.
그래도 한 번만 힘을 내 보자.

● Remember
아직 멋진 글이 많이 남아 있다. 잠시 휴식을 취하고 다시 머리를 맑게 하고 나랑 계속 소통해 주길 바란다.

요요의 법칙

다이어트를 하는 사람들이 자주하는 얘기 중에 '요요 현상'이라는 단어가 있다. 원래 요요는, 동그란 거에 줄이 달려있는 장난감이다. 요즘 젊은이들은 알고 있을까?

힘든 일을 겪는 사람에게 주위에선 다들 힘을 내라고 한다. 난 언제부터인가 "힘내라."라는 말이 참 무책임하게 느껴져서, 그 말을 고통을 겪고 있는 다른 사람에게 하지 않는다. 그들은 이미 충분히 힘을 내고 있으니까...

그렇다면 그 고통에 한번 한껏 빠져 보는 건 어떨까. 아주 끝까지 가보는 거다. 바닥까지 내려가서 그 공허함, 상실감, 두려움, 걱정, 실망의 끝을 제대로 느껴보는 거다. 급하게 연고를 발라 치료하지 않고, 그냥 상처를 후벼 파는 거다.

그렇다면 그 다음은 어떻게 될까? 바닥을 치고 나면 신기하게도 너는 다시 한번 힘껏 차오르게 된다. 마치 탄성이 강한 '요요'처럼...

● Remember

네가 바닥에서 오랫동안 뒹굴고 있을 땐 널 다시 끌어 올려주는 요요실 같은 멘토가 절실히 필요해. 마치 펌프에서 물을 긷기 위해 한 바가지 넣는 마중물 같은... 그럼 시원하게 콸콸 쏟아져 나올 텐데... 평소에 늘 바르게 행동하고 주위 사람들에게 진실한 마음으로 대하면 네가 땅에 떨어져서 방황할 때 올려주는 사람이 어디에선가 꼭 나온단다.

인간관계가 힘들어요

고등학교 때 국악대금을 하다 폐가 안 좋아 포기해야 했다. 곧 미술을 했는데 너무 소질이 없어 대학교를 떨어졌다. 스타가 되겠다고 방송연예과를 다녔는데 빼어나지 못한 미모에 전혀 관심을 못 받았다. 그렇담 공부 잘하는 사람이 되자고 수학과를 힘들게 가서는 늘 꼴찌를 하고 간신히 졸업했다. 우연히 영어 강사가 되었다. 근데 여기선 실력 있고 재밌는 미녀강사 대접을 받는다. 그것도 14년 동안... 난 늘 내가 쓸모없고 못난 미운 오리 새끼인 줄 알았었다. 근데 난... 난... 백조였다...

– 2013년 12월 18일 페이스북에 올린 글

이직을 고려하는 학생들을 만나보면 난 대부분 그게 관계 문제 때문이란 걸 깨닫게 된다. 꼭 어떤 집단이든 제대로 이상한 사람이 하나씩 있다는 걸 느낀다. 왜 어디에나 사이코가 공평하게 하나씩 들어가 있는 걸까? 왜 인성이 덜된 사람이 그 자리까지 올라가서 착한 사람들을 괴롭히는 걸까.

나는 관계 유지에 참 서툰 사람이다. 어떻게 좋은 관계를 지속시키는지 깊게 생각해 본 적도 없고 공부해 본 적도 없다. 그래서 이 글 또한 전문가의 검증된 조언이 아니라는 걸 이해해 주기 바란다.

청소년 때나 대학교 때 나는 여자들 사이에서 소위 '왕따'를 당한 적이 종종 있었다고 말했다. 지금 생각해보면 왜 그때 내가 미움을 받았었는지 이해가 간다. 지금 같았으면 절대 상상도 못했겠지만, 그땐 말랐었다. 그리고 그땐 왜 그렇게 튀고 싶어 했는지... 옷과 화장이 화려해서 늘 눈에 띠었던 것 같다.

11년 전 종로 학원으로 처음 왔을 때에도 나는 어떤 소문이나 이미지 때문에 몇 년 동안 강사들에게 욕을 많이 먹었었다. 어느 날, 나 심심한데 나랑 안 놀아주고 다른 데 가서 놀고 있는 영국인 그 친구한테 한바탕 난리를 쳤고, 그날 밤 아빠와 술을 마시며 대화를 하면서 난 내가 화나 있는 게 남자 때문이 아니라는 걸 깨닫게 되었다.

나는 외로웠고 친구가 필요했었는데, 사람들이 나를 싫어해서 직장 생활이 힘들었었고 인생이 우울했었던 것이었다. 그때 아빠의 대답이 내 시야를 확 바꾸어 주었다. 우리 아빠는 참 멋졌다.

"왜 넌 꼭 이 집단에서 인정을 받아야만 한다고 생각해? 이 집단에서 널 싫어하면 다른 집단 가서 놀면 되고, 거기서 널 미워하면 또 다른 팀이랑 놀면 되는데…"

내 인생의 큰 깨달음이었다. 그리고 시간이 많이 지난 후 나는 이제 학원에서는 '부원장'이라고 불리며 많은 강사들의 고민을 들어주는, 사람들이 따르는 존재가 되었고, 학생들은 나를 '안티가 없는 사람-여자 유재석'이라고 말한다.

최근에는 예전 친구들과 하나둘 연락이 되기 시작했다. 난 지난 2년 동안 지나간 친구 500명은 찾았고 지금도 제법 자주 만나고 소통하고 지낸다. 이제 사람들은 나를 '인맥의 여왕'으로 부른다. 주위의 많은 사람들이 날 좋아해준다. 물론 사람들한테 휩쓸려서 내 일에 방해가 되지 않게 조절도 제법 잘 해내는 편이다. 나 짱!

오늘은 '글감'을 찾아 진희와 대화하던 중 '관계'에 대해 써보자고 결정했고, 이제 내가 생각하는 '내가 인간관계를 잘 유지하는 비결'을 적어 보려고 한다.

1. 경청 태도가 중요하다

상대방이 말할 때 최선을 다해 집중해서 그 얘기를 들어주자. 물론 적당한 리액션이 필요하다. 3년 전인가? 내가 어렸을 때 좋아했던 가수와 식사할 기회가 있었는데 완전 떨렸음 밥 먹는 동안 나는 그냥 열심히 그분의 얘기를 들었고, 그게 그 사람 마음을 열어 오랫동안 좋은 관계로 지냈던 적이 있다. 만약 네가 감동을 주고 싶다면. 기적을 경험하고 싶다면. 그렇담 일단 그 입을 다물고, 상대방의 말에 집중해 보자. 놀라운 일이 일어날 수도 있다.

2. 너부터 믿음을 주는 사람이 되라

　나 또한, 예전에는 '신의'에 대한 개념이 없었고, 늦잠꾸러기에 맡은 일도 잘 안 해내는 '한심한 밉상'이었는데, 일을 시작한 후 사람이 너무 달라졌다개과천선. 나는 아주 피치 못할 상황이 아니면 시간 약속을 일 분이라도 어기거나 책임 맡은 일을 소홀히 하지 않는다. 그리고 그게 이제는 어느 정도 묻어나오나 보다. 작년에 나를 데려가려고 찾아왔던 모 학원 관계자가 "선생님 만나 보니 '신의'를 중요시 여기는 분이라는 생각이 들어서, 오늘은 잘못 찾아온 것 같네요."라고 말하고 돌아간 적이 있다.

3. 약간은 손해 보는 사람이 되라

　시간, 돈. 특히 돈... 그거 좀 아껴서 얼마나 부자 되겠다고 그렇게 계산을 해대니. 이렇게 생각하는 나도 참. 부자 되려면 아직 멀었네. 하지만 나는 조금씩 손해 보고 사는 사람이 인간적이고 좋다. 그리고 나도, 차라리 내가 조금 손해 보는 게 마음이 편하다. 근데 나 네가 머리 굴려 계산하고 있는 거는 다 알고 있다. 내가 가만히 있으니까 바본 줄 아나.

4. 좋은 에너지를 늘 발산하라

사람들은 내가 늘 밝고 긍정적이라고 생각한다. 근데 나도 사람 인데 혼자 있을 때도 그렇게 늘 밝고 긍정적이진 않아. 여기 있는 글 들 봐. 감성 터지잖아. 그래도 사람들과 있을 때는 밝으려고 노력하 는 건... 아니고, 나를 좋아하는 사람들을 만나면 너무 신나서 주체할 수 없이 밝아지는 것임. 특히 학생들을 만나는 새벽부터 밤까지는 에 너지가 떨어지지 않아. 언젠가... 동료 강사가 와서 진지하게 이렇게 말했다. "티파니 쌤은 그 나이를 먹고도 왜 그렇게 주위에 남자가 끊 이지 않을까... 곰곰이 생각해 봤는데요... 쌤이 웃겨서 그런 것 같아 요."라고.

암튼 난 조만간 나라에서 나 도핑테스트 하러 올 것만 같다. 학원 에서 아이들과 너무 깔깔 웃고 다녀서. 가끔 이상해 보이기도 한다. 그래도 밝고 긍정적인 사람이 좋은 에너지를 주는 건 확실하다!

5. 도움이 되는 사람이 되라

　이건... 예전에 나를 찾아온 학생에게 힌트를 얻은 건데, 대화하던 중에 내가 요즘 목이 아프다고 하니까 그 아이는 정말 성심성의껏 목을 안 아프게 하는 방법을 생각해 주었다. 내가 너무 미안해서 왜 그렇게 열심히 생각해주냐고 했더니, 자기 교수님이 그랬단다. 사람을 만나면 그 사람에게 뭐가 필요한지 유심히 살펴서 네가 도와줄 수 있는 부분은 꼭 도움이 되라고. 그 말 듣고 나 또 깨달음이 있었다.

　쓰다 보니 너무 장황하게 또 내 얘기만 늘어놓은 듯. 그래도 처음에 제시한 문제에 대한 해결책은 좀 마련해 드려야 할 것 같다.

Q: 재수 없는 상사, 꼴 보기 싫은 동료 어떻게 해요?

A: 답은 없다. 그냥 일단 참고 지내야 한다. 그리고 네가 힘을 길러서 나중에 멋지게 복수하는 날을 기다리며 견디자. 나도… 나중에 꼭 국회의원이 되어서 실력 없는 강사, 자질 없는 강사. 세상에 다 자료를 공개하는 꿈을 꾸며 열 받는 일이 있어도 참고 살고 있다. 그리고 다른 데 가면 좀 나아질 거라는 생각도 제발 금물. '구관이 명관'이라는 말 들어봤니? 서양 속담에는 이런 게 있단다. Better the devil you know. 네가 아는 악마가 그나마 나은 악마이다. 다른 데 가면 더한 게 있고, 그녀가 가면 더한 녀가 온다. 이건 내가 장담한다.

그리고 그 사이코랑은 잘 지내보려고도 하지 말고, '다름'을 이해하려고도 하지 말자. 그냥 온전히 너한테 집중해서 너 상처 안 받게 보호나 잘하길 바란다.

● Question
지금 가장 싫은 사람은? 나중에 그 사람의 코를 납작하게 해 주려면 너는 어떤 사람이 되어야 할까?

'가슴 뛰는 일'을 찾지 못한 젊은이들에게

"죄를 지은 듯한 표정으로 저는... 저를 가슴 뛰게 하는 일이 뭔지 모르겠어요... 나를 미치게 하는 일이 뭔지 아직도 찾지 못했어요..."

– 세정이가 한 말. 그리고 생각해 보니 수진이도 했던 말

가만... 그리고 보니 나도 언젠가 후배들 앞에서 강연을 할 때 "네가 정말로 좋아하는 일이 뭔지 깊게 생각해서 찾아내라."라는 무책임한 말을 던지고 내가 정말 성공한 멋진 여자인 양 포스를 내뿜고 돌아왔던 기억이 난다. 어제 우리는 세정이의 고민을 두고 조언을 시작했다. 김 과장이 조곤조곤 답변을 시작해갔다.

"획일적인 교육, 주입식 교육에서 우리는 진정 우리가 원하는 것이 무엇인가 생각해볼 기회조차 없었어요. 그냥 하라는 대로 열심히 했고

가라는 대로 갔어요. 이건 우리나라 교육 시스템의 문제인 것 같아요. 모두가 가슴 뛰는 일을 하게 되는 게 가능할까요. 그렇게 되도록 수용해 줄 이 세상 가슴 뛰는 일의 자리에는 한계가 있을 텐데... 만약 어떤 사람의 꿈이 '대기업'에 들어가는 거라고 생각해봐요. 그 사람이 대기업에 들어갔으니 꿈을 이룬 건가요? 그럼 만약 회사에 무슨 일이 생겨 구조조정이라도 당하면 그 꿈은 이제 없어져버린 거잖아요."

사실 난 언제부턴가 취준생 아이들에게 이렇게 말하고 있는 나를 발견했다. 꿈은 없어. 네 꿈은 없어. 일단 들어가. 들어간 후에 꿈을 찾아. 아니면 꿈을 바꿔 그땐 어쨌든 취업부터 시키고 싶었다. '가슴 뛰게 하는 일'이 있을까? 있을 수도. 나! 나! 나 지금 하고 있잖아. 나는 병아리 같은 아이들이 강의실에서 영어를 막 연습하면서 '선생님'을 불러댈 때는 가슴이 터질 것만 같다. 이렇게 예쁘고 공부 잘하고 착한 아이들이, 부족한 나를 그래도 선생님이라고 이렇게 의지하는구나 생각하면 가슴이 떨려서 미칠 것만 같다.

근데 그런 나도 항상 가슴이 뛰는, 미쳐있는 상태로 24시간 있지는 않다. 아마 누구도 그럴 수는 없을 거라고 생각한다. 계속 가슴이 뛰면 난 결국 죽겠지. 조증이 올 수도 있겠구나. 결국 나의 모든 에너지는 금방 소진되어 나는 무기력해지겠지. 심리학에서는 이걸 '번 아웃 증후군'이라고 한다. 나 요즘 책 좀 읽었다 착한 우리 아이들. 학교에서, 학원에서 집어넣어주는 지식과 생각법을 그동안 아무런 의심 없이 받아들였다. 너무 곱지만 수동적인 우리 아이들은 의구심 한번 안 가져

보고, 반항 한번 안 해보고, 그저 세상이 정해준 틀대로 맞추어 살아 냈다.

난 아니다. 난 땡땡이도 많이 치고, 수업시간에 딴생각도 많이 하면서, 과연 이 교육이 나한테 필요한 건가 의심도 많이 했고, 학교를 그만둘까 고민도 많이 하면서 내가 진정 하고 싶어 하는 일에 대한 생각을 많이 해왔다. 그리고 이 아이들이 어른들이 정해준 전공공부를 거의 완료하고 이제 사회에 첫발을 내딛으려고 하는데 갑자기 이제 와서 '가슴 뛰는 일'을 찾으란다. 도대체 누가! 왜! 그런 말을 했을까. 범인은 '자기계발서'인 것 같다. 그리고 '자기 분야에서 성공한 강연자'들이다. 그들은 지금 업되어 있다. 승승장구하고 있는 자기 자신에게 너무 도취되어 있다. 그래서 이제 순진한 사람들에게 새로운 숙제를 던져 주고 있는 걸지도 모른다. 너 나처럼 한번 해보라고. 나 잘난 사람이라고.

그래. 백번 양보해서 네가 그 '가슴 뛰는 일'을 드디어 찾았다고 치자. 넌 승무원이 되기로 결심한다. 넌 음악을 하기로 결심한다. 넌 사법고시에 응시하기로 결심한다. 많은 성공한 강연자들의 스토리를 듣고 자기계발서를 읽으며 넌 힘을 낸다. 너는 젊은 날에 누려야 할 것들—친구와의 관계. 좋은 집단에의 소속과 유대감. 가족과의 따뜻한 시간. 너 자신과 마주한 한가한 시간—을 애써 포기하며 기회비용opportunity cost을 지불하며 너의 꿈을 향해 오늘도 더 모질게 엄격하게 너를 몰아친다.

음악을 하기로 결정한 사람은 오디션 프로그램에 나가지만 심금을 울리는 감성 보이스. 사연도 빵빵한 허각에게, 곽진언에게 지고 나이를 먹고 도전을 계속하다 결국 초라하게 자기 자리로 돌아오게 된다. 승무원이 되기로 결심한 너는 드디어 꿈에 그리던 'K 항공'에 입사! 하늘색 옷에 쪽머리를 하고 비행할 꿈에 부푼다. 근데, 이제 더 이상 네 꿈은 없다, 게다가 막상 일해 보니까 선배들은 무섭고, 진상 손님은 싫고, 일은 고되고... 너는 어쩜 다시 한번 새로운 '가슴 뛰는 일'을 찾아 고민을 하게 될지도 모른다. 꿈을 못 이룬 너는 '네 상상의 직업'과는 비교도 안 되게 초라한 현실의 직업으로 돌아와서 현실과 타협한 후 우울한 하루하루를 살아간다. 좋아하는 일을 하고 살지 않는 네 인생은 이제 행복하지 않다고 치부해 버리면서.

이제 내가 또 미숙한 조언을 드리려고 한다. 얘들아, 이제 그거 그만 찾고 일단 들어가. 너를 원하는 그럭저럭 괜찮은 회사에 잘 들어가서 네가 속한 바운더리 안에서 정성껏 사소한 일부터 해내봐. 그 안에서 만족감과 성취감을 느끼면서 네가 진정 원하는 게 뭔지 계속 생각해 봐.

만약 네 꿈이 기타리스트였다면, 당장 회사 때려치우고 음반 내지 말고거기도 요즘 힘들어 어디 직장인 밴드라도 들어가서 토요일마다 잠시 가슴 뛰고 에너지를 얻고 월요일 날은 제정신으로 복귀하는 거야. 네가 '김연아'를 꿈꿨다면 퇴근 후 열심히 연습해서 어디 대회라도 나가 보렴. 동작구민 피겨대회 같은 데서 어쩜 너 일등 할 수도 있다. 만약 네가 춤이 너무 좋으면 홍대 근처 살사 동호회라도 가입해. 대부분의 사람들이 그렇게 살면서 모임 끝나고 사람들과 치맥 한잔하면서 소소한 행복을 느껴.

그래도 넌 직장인이라서 대출도 잘되고, 명함도 있잖아. 내가 그 속을 몰라서 감히 이런 얘기 하긴 좀 그렇지만, 이렇게 힘든 때에 그래도 상사 눈치 보고 좀 버티면 월급이 제때 잘 나오는 직장인이 요즘은 부러울 때가 있어. 너를 받아줄 데가 있는 것만도 감사하게 생각해. 그리고 현실에서 최선을 다하면서 네 꿈을 조용히 키워 보는 거야. 사람일은 어찌될지 모르는 거라, 너에게 또 멋진 기회가 올 수도 있으니 우리 소중한 꿈을 버리지는 말자고.

어쩌면… 네가 그토록 찾아 헤매던 '가슴 뛰는 일'이란 막상 찾아서 이루면 없어져 버리는 '신기루' 같은 것일 수도 있다. 너의 꿈은 그게 꿈이라서 더 아름다운 것일지도 모른다…

● Homework
지금 하는 일에 정성을 기울이기

취업이 안 되는 건 네 잘못이 아니야!

작년 11월 '글로벌기업 채용박람회'에 영문이력서 컨설턴트로 나간 적이 있다. 외국계 기업 입사를 목표하는 사람들이 나한테 이력서와 cover letter를 첨삭받으러 몰려왔다. 대부분은 해외 대학교 출신, 그리고 몇 명은 국내 대학 출신의 뛰어난 스펙을 가진 사람들이었다.

한 여학생의 이력서를 봐 줄 차례가 되었다. K대학교 문과를 나온 학생이었는데, 아무리 찾아봐도 고쳐 줄 게 없었다. 스펙도 훌륭하고, 이력서 구성이나 커버레터 내용도 흠잡을 데가 없었다. 오랫동안 차례를 기다려 왔던 걸 알기에 뭔가는 꼭 고쳐주고 싶었는데, 정말 아무것도 고칠 게 없었다. 내용도, 구성도. 그래서 내가 말했다.

"정말 뭔가 고쳐주고 싶은데 고칠 게 없어요. 서류가 자꾸 탈락하는 건 네 잘못이 아니에요. 이 사회의 잘못이에요."

그 여학생의 눈에선 눈물이 뚝뚝 떨어졌고, 나도 상담을 멈추고 많이 울었던 기억이 난다. 그날 난 총 네 번을 울었다. 울음 터진 사람을 따라... 며칠 전, 그 여학생한테 이메일이 왔다. 결국 원하는 데 들어갔다고, 내가 많이 생각나서 찾아내어 연락드렸다고.

나는 9년째 취업준비생과 직장인을 가르치고 있다. 그전에는 더 다채로운 연령대를 가르쳤다 취업준비생들을 보면 요즘 아이들은 정말로 일반 사람들은 상상도 못하는 괴물스펙을 가지고 있다.

- 학점은 기본이 남자 3.5 여자 4.0. 그래도 '남자'라는 타고난 고스펙이 있어서 얘네가 학점이 조금 높나 보다.
- 난 토익은 보통 사람들이 800점 넘기기도 어려운 시험이라고 생각하는데 우리 반에는 900 넘는 애들이 수두룩하다. 그리고 더 올릴 계획을 짠다.
- 그리고 나서 토스와 오픽을 준비한다. 제2외국어 JPT나 HSK일본어, 중국어도 있으면 좋다. 곁들여 한국사, 한자시험 준비하는 아이들이 꽤 있고 한국어 능력시험도 있으면 좋은 것 같다.

- MOS나 컴퓨터 활용능력시험 등은 비교적 쉽게 딸 수 있다고 생각하는데 가끔은 이것도 떨어져서 '크게 충격을 받는 아이들'도 있다
- 영문과를 나왔어도, 경영학과 나오고 영어를 잘하는데 게다가 중국에까지 일 년 다녀온 아이들한테 밀린다.
- '인턴'은 이제 '특별 선택 과정'에서 '필수 과정'처럼 되어 버렸다. 인턴 안 하면 또 나 혼자서 할 거 안 해놓은 한심한 사람 느낌이다.
- 해외 대학을 나오고 돌아와도, 한국에서 취업스터디 하면서 쭉 집중적으로 준비한 애들한테 정보가 밀린다. 이제 외국 대학 출신도 별로 메리트가 없어 보인다.

게다가 얼마 살지도 않았는데 물어보는 건 엄청 많다. 자소서라고 쓰고 '자소설'이라고 읽는다에서는 살면서 가장 행복한 경험. 실패 경험, 고난 경험과 극복. 희생을 감수하고 누군가를 도와준 경험 등등을 물어본다. 얘네가 뭘 그렇게 겪어보고 살았다고. 자소서 20개 넘게 쓰게 되면 이제부터 등단해도 될 정도의 문장력과 창의력을 갖추게 된다.

'안 보이니! 나 고등학교 때까지 정해진 틀대로 살다가 대학교 4년 동안은 저거 했잖아. 너네가 나보고 기본적으로 해오라는 것들 – 학점, 토익, 토스, 오픽, 한국사, 한자, 한국어, 인턴, 자원봉사, 컴퓨터 능력시험, 배낭여행 동아리 대표 등 – 근데 뭐 그렇게 나한테 요구하는 게 또 많아! 너네가 해봐. 지금 네 실력으로 준비해서 우리랑 겨루면 너 여기 들어올 수나 있을 것 같아? 그리고 넌 어디 가면 숫기도

하나 없을 것 같이 생겼으면서 왜 나한테 자꾸 진취적인 자세와 패기를 강요해!'

이렇게 상상하며 면접관 앞에서 공손한 자세로 앉아 있다. 연습한 미소를 띠며.

9년 동안 난, 처음 학원에 올 땐 밝았지만 서류 1승 한 번 못 올리고, 미리 사 준비해 놓은 정장 한번 못 입어보고, 점점 상처를 받고 찌들어 가는 학생들을 봐왔다.

그래도 지금 내가 해줄 수 있는 말은 '되는 놈'은 결국 된다는 거다. 그리고 '안되는 놈'은... 그래도 뭐라도 하고 살게 되더라. 고리타분한 얘기이지만, 세상엔 네가 할 수 있는 일은 꼭 있다. 취업 준비하다 끝까지 안돼서 노는 사람은 아직 못 봤다.

그렇다면 이왕 일하고 살 거라면 '되는 놈' 대열에 들어가서 사는 게 더 낫지 않을까? 지금도 한껏 올려놓은 네 스펙. 고칠 수 있는 부분은 더 한번 올려보자. 나중에 한이나 없게. 스펙 깡패들이 판을 치면, 넌 스펙 조폭이 돼야지 뭐.

그리고 현실이 답답해서 슬슬 '취집'을 생각하는 여학생들아. 난 반대다. 일단은 일을 꼭 좀 해봤으면 좋겠다. 사람 인생은 어떻게 될지 모르기 때문에 나중에 혹시라도 너에게 어려운 일이 닥쳤을 때, 너의 커리어와 기술이 널 꼭 살려줄 거다.

긴 글 읽어주신 분들에게 보답하는 의미로 '자소서' 팁을 급히 준비했다. 어쩜 여러분이 더 선수이겠지만, 작년에 L 백화점에 입사한 지현이에게 새벽에 빼낸 따끈따끈한 조언이다. 지현이는 자기가 잘한 게 하나도 없다고 말하는데, 난 매일 새벽에 나와서 영어 수업을 듣고 출근하는 성실한 자세만 봐도 그녀가 훌륭한 사람이 꼭 될 자질을 갖추었다고 생각한다.

<자소서 팁>

1. 쉽게 지나칠 수 있는 사소한 경험을 끄집어내서 디테일하게 표현
2. 디테일 안에서 포인트만 잘 살게
3. 그리고 군더더기 없이 매끄럽게
4. 뜬구름 잡는 소리, 뭉뚱그려 말하는 문장 안 돼!
5. 어려운 말 다 풀어
6. 네가 했던 행동, 대사 하나하나 다 기억해서 구체적이지만 간결하게
7. 해당되는 경험. 찾아보면 다 있을 거다. 나도 대외활동 안 했지만 학교에서 돈 걷었던 얘기, 축제에서 뭐 팔았던 얘기, 조별활동 등 나한테는 스페셜하다고 생각되는 이야기를 정리했다.

● Remember

너는 곧 취업이 될 것이고 그때는 방황하던 지금이 많이 그리워질 거다. 멋진 미래를 꿈꾸며 소중한 지금 이 순간엔 항상 최선을 다하자.

티파니가 제시하는 영어면접 성공 전략

전체적으로 단답형은 피해주시고, 항상 두괄식으로 말을 한다. 2~5문장 정도의 답변이 적당하며 너무 길어지지 않도록 해주자. 외국인과의 면접은 아이 콘택트가 중요하다. 예의를 갖추느라 턱을 응시하며 말하면 거짓말하느라 눈을 피하는 줄 안다.

1. Tell me about yourself.

자기소개를 할 때는 너무 이력서에 나온 기본적인 사실보다는 내가 어떤 사람인지를 표현해 주도록 한다. 형용사를 많이 사용하고, 구체적으로 설명하되전공 선택 이유, 본인만의 특별한 경험 등 너무 지루해지지 않도록 해 준다.

- First of all, I am very pleased to meet you.
- My name is (이름) and I am majoring in (전공명) at (학교명) university.
- I consider myself as a (positive / outgoing / passionate / responsible / considerate / meticulous) person

2. Why do you want to work here?

지원동기를 묻는 질문이다. 누구나 다 같이 말하는 '회사의 칭찬'만 하지 마시고, 그렇게 멋진 회사를 들어오기 위해서 본인이 한 노력을 얘기해 주도록 한다. 참, 회사 공부를 철저히 해 가야 한다. 그 회사만의 좋은 점을 구체적으로 뽑아서 "이런 점에 매력을 느꼈다."라고 말해야 감동을 줄 수 있다. 그냥 여기저기서 다 쓸 수 있는 답변을 하면 완전 티난다.

* 유용한 표현

- I felt this was the right place for my experiences and skills.

3. What subject did you major in?

"~을 전공했습니다." 이렇게 끝내지 말고, 왜 그 전공을 선택했는지, 또는 전공에서 뭘 배우는지 구체적으로 얘기해 주도록 한다. 너무 길지 않게 한다.

* 유용한 표현

- I studied architecture in university. I loved the idea of creating something that could affect a person's perception of space, environment, and way of living.

4. How many people are in your family?

영미권 사람들은 가족의 수를 말할 때 부모님을 포함시키지 않는다. "There are two people in my family. I have one younger brother." 이런 식으로 말한다. 너무 직업만 나열하지 말고, 각각의 멤버가 여러분이 좋은 사람이 되는 데에 어떠한 영향을 미쳤는지 간단히 설명해 주는 것이 좋다.

5. What is your hobby? 면접용 답변

영어 면접은 한국어 면접과는 달라서 너무 가식적인 면접용 답변을 하지는 않아도 된다. 그냥 태도나 적당한 유창성 정도를 보는 것이다. 그래도 이왕이면 너무 고독한 취미_{꽃꽂이, 뜨개질 이런 것}보다는 본인의 활달함이나 그룹과의 친화력 등을 보여주는 취미를 장만해가면 좋겠다. 등산, 농구 등

* 유용한 표현

- My hobby is playing basketball and I do it every weekend.
- I can create and maintain good relationships with others as well as build up strength.

6. Have you ever participated in any internship programs during college?

인턴 경험이 있다면 (1) 내가 ~에서 ~동안 일했다고 얘기해 준 다음, (2) 거기에서 한 일은 무엇인지, 배운 것, 느낀 것, 향상시킨 점 등을 간단하게 기술해 주는 게 좋다. 인턴 경험이 없다면 그냥 없다 하고 넘어가지 말고, 인턴 경험은 없으나 part time work 경험이 있다고 말하며 이야기를 더 끌어갈 여지를 남겨두자.

- Yes, I had the opportunity to work for (회사명) as an intern during the last summer vacation.
- The biggest thing I learned from the experience is time management.
- I tried my best to meet the deadlines.

7. What is the latest movie you've seen?

영화 문제이다. 최근에 본 영화 혹은 감명 깊게 본 영화를 묻는 문제에서 대부분의 학생들은 영화의 줄거리를 설명하려고 힘을 쓰는데, 면접관은 그 영화의 줄거리가 정녕 궁금한 게 아니다. 최근에 어떤 영화를 봤는지 얘기해 주고, 간략히 그건 ~에 관한 영화라고 설명한 후, 등장인물 및 감독, 배경 등 기본적 정보와 영화를 본 후의 느낌 등을 덧붙여 주도록 한다. 항상 말하지만 구체적으로. 그러나 너무 지루하지 않게 말한다.

* 유용한 표현

- The latest movie that I've seen is Begin Again.
- It's a story about romance and love of a couple and a family
- Particularly I love the music that is played in the movie

since I'm a big fan of Maroon5.

<u>8. Who do you respect the most?</u>

존경하는 인물을 장만해두자. 대부분의 지원자들은 아버지를 말하는데, 여러분의 아버지 정말 훌륭하신 분이지만, 그래도 좀 더 전문성을 갖춘, 무난한 사람으로 마련해두자스티브 잡스, 빌 게이츠, 반기문 님 등. 남학생들은 운동선수도 많이 한다.

＊ 유용한 표현

- I respect Steve Jobs. I was impressed by his speech in Stanford, 2005

- He has done a lot of marvelous things like creating the first smart phone.

<u>마지막으로 드리는 당부의 말씀</u>

1. 여학생들은 외국인 면접관이 악수를 청할 때 부끄러워서 손을 살짝 잡는 경향이 있는데 그건 예의에 어긋난다. 꽉 잡자. firm hand shake

2. "How are you?"라고 물어보면 제발 "Fine thank you and you?"라고 하지 말자. 다른 표현 준비!

3. 만약 못 알아들었을 경우 "Pardon me?", "Excuse me?", "Could you say that again?" 이렇게 되묻도록 한다.

● Homework
취업, 이직 생각이 있는 친구는 위에 글 다시 꼼꼼히 읽어보기.

포기할 줄 아는 용기

"언니가 그래도 이렇게 지금 돈 벌고 여유롭게 잘살 수 있는 건, 일찍감치 미술을 버렸기 때문이야…"

– 내 동생이 한 말_{동생은 최고의 '미술 엘리트' 코스를 밟은 여자. 지금 그녀의 커리어 인생은… 그냥…}

고등학교 때. 딸을 명문대에 보내고 말겠다는 일념이 가득한 엄마의 권유로 난 대금을 했다. 그때 난 좀 노는 언니였는데, 전통적이고 조신한 대금이 너무 내 이미지랑 안 어울린다고 생각해서 그 얇은 대금을 큰 기타 케이스에 넣고 레슨을 받으러 다녔다. 찢어진 청바지를 입고.

입시 준비를 하던 중, 내 폐가 선천적으로 약해서 '산조'를 연주할 수 없다는 얘기를 듣고 난 때려치웠다. 미술 시작~! 미술에는 소질이 없었지만 꾸역꾸역했다. 입시장에서 '구성'을 멍 때리면서 라이터로 말리다 종이 끝을 홀라당 태워먹었다. 낙방! 다음 해 다시 도전! 역시... 기적은 없었다. 마침 그해에 삼재도 껴 주셨다. 한 시험장엔 수험표도 안 가지고 갔다. 그냥 난 아무 생각이 없었다.

유난했던 우리 엄마는 곧바로 내 유학 수속을 밟기 시작했다. 나는 부모님 몰래 방송연예과에 지원을 했다. 난, 미국에 가서 또 공부하기가 싫었다. 48:1의 경쟁률. 그리고 합격. 그때 속성으로 이틀 동안 연기를 가르쳐 준 한형석 감사~!

우여곡절 끝에 소속사도 생기고 공중파 방송국에서 아침 방송 리포터도 하게 되었다. 여기서 시험에 든다. 내가 알지 못하는 화려하지만 복잡한 방송국의 세계를 잠깐 경험하고 와서, 난 이렇게는 못 살 것 같다고 결론. 당장 편입학원에 등록하고 공부를 정말 빡세게 해서 또 대학교에 입학. 왜 내가 수학과인지 의아해하는 사람들이 많은데, 그때 자리가 났던 학과 중에 수학과가 제일 나았음.

대학 시절 몇 번의 고비가 왔다.
'수학과 강의실에 앉아서 외계어를 듣고 있는 건 시간 낭비다. 이건 내가 갈 길이 아니다.'

혼자 벤치에서 고민할 때마다 천사의 소리가 들렸다. 그래도 대학

졸업장은 필요하다고. 참고 따라고. 졸업 후 1.92의 학점으로 어디에 취업하는 건 모두에게 민폐라 생각. 조용히 유학길에 오른다. 그때 결심을 했다. 여기서 뭐 못 해오면 나 그때 선본 남자랑 결혼해야 할 거야. 큰 아파트에서 살겠지만 매일 가계부 쓰고 걸레질해야 할 거야. 꼭 영어 잘하는 사람이 되어서 내 앞가림할 실력과 자격증을 가지고 돌아오자! 이번에는 고비가 여러 번 있었으나 참고 열심히 해서 TESOL을 딴다. 선본 남자, 가계부, 걸레질 생각하며

나는 대형 성인 어학원에 15년 이상을 있었다. 내가 무언가를 이렇게 정성껏 오래 해 본 건 기적이다. 나는 15년 동안 강의하는 과목을 아홉 번 바꿨다. 위기가 올 때마다 그때그때 트렌드에 맞는 과목을 구상해 냈다. 동료들은 "어떻게 넌 하는 과목마다 성공을 시키냐?"라고 한다. 사실 실패한 과목도 두세 개 있는데 그들은 잊어먹은 것 같다. 모두가 너에게 꿈을 가지고 밀어붙이라고 가르친다. 어떠한 어려움이 있어도 이겨내라고 가르친다. 나는 늘 이 말을 하고 싶었다.

"너. 지금 하는 거 안될 것 같다는 느낌이 오면 당장 때려치워. 억지로 붙잡고 있지 마. 모두가 아나운서가 되고, 변호사가 되고 승무원이 될 수 있는 건 아니야. 때로는 포기할 줄 아는 용기도 필요해. 지금은 네 전공 지식이, 네가 그동안 품어왔던 꿈이 다라고 생각하겠지만, 내가 네 나이라면 나는 앞으로도 적어도 세 번은 내가 하는 일을 바꿀 수 있을 것 같아. 네 나이는 길을 확확 바꿔도 또 성공시킬 수 있는 나이야. 아직 시간이 많고 가능성이 많아."

아까도 잠시 언급을 했지만 나는 무엇을 하든 항상 승률이 높다. 일을 잘 벌이지만 추진력 쟝임! 아니라고 생각되면 바로 접어버리기 때문이다. 남자도 마찬가지다. 마음을 표현한 후, 승산이 없다고 생각되면 더 이상 진을 빼지 않고 바로 접는다. 그래서 접은 것들을 다 계산에서 제외하면 난 거의 패배가 없는 여자가 되는 것이다.

포기할 줄 아는 용기. 그동안 우리에게 아무도 가르쳐 주지 않았지만, 이건 내 인생의 필살기이기 때문에 오늘 와인 한 병 마시면서 풀었다. 사실... 내 글을 읽고 용기를 얻어 회사를 때려치운 아기들이 몇 명 있어서 자극시키는 글을 쓰지 않으려고 그동안은 노력해 왔다. 그리고 강의를 하면서 내가 무심코 하는 말이 학생들 인생에 큰 영향을 미친다는 것을 깨닫고 함부로 다른 사람의 인생에 대해 조언하는 것을 각별히 주의해 왔다. 얘들아... 마지막 결정은 너희 스스로 한 거다!

● Remember
'아님 말고' 기억해! 이 말이 큰 힘이 될 때가 있을 거야.

지금 행복하세요?

우리는 무엇을 위해 이렇게 달려가고 있을까.

돈을 많이 벌고 싶은 사람들
명예를 얻고 싶은 사람들
인기를 누리고 싶은 사람들

사람들은 제각기 그들의 목표를 세우고
때로는 혹독하게 자신을 몰아치고
때로는 좌절하고 다시 일어나기도 하며
오늘도 열심히 살아가고 있다.

나 또한 항상 주위의 사람들을 격려하고 자극하고 위로하면서
더 멋진 사람이 되어야 한다고 힘을 실어준다.

그리고 나도 그 힘에 편승해서 더 높이 올라가기 위해 발버둥을 친다.

어쩌면 우리가 자각하지 못하고 있는,
지지부진한 지금 이 순간이
정말로 행복한 순간인 건 아닌지.

편히 쉴 공간이 있고
나를 온전히 이해해주는 친구가 있고
소주 한 병이 있는 지금 이 순간이
가장 행복한 순간인 건 아닌지...

내가 가진 현재의 것들의
소중함을 깨닫지 못하고
늘 높은 곳만 보고 쉼 없이 달려가며
끝이 없는 갈증을 느끼는 우리를

한번쯤은 따뜻하게 보듬어줄 시간을 줄
여유가 절실히 필요한 건 아닌지...

● Homework
잠시 여유를 가지고 나 다독이고 챙기기

20대의 성공은 독이다!

큰 학원에 15년을 있다 보니 당대의 혜성 같은 강사들을 꽤 보게 된다. 천년만년 갈 것 같은 인기와 부도 어느 날 보면 온데간데없다. 그 사람도 온데간데없다. 이제 나는 그런 치열한 경쟁과 돈 버는 문제는 이미 많이 초월한 내공 쌓인 사람이 된 것 같다.

이곳은 연예계와 생리가 비슷하다. 운대가 잘 맞으면, 젊은 날에 소위 '대박'이 난 사람들을 보게 되는데 처음, 조신하게 학원에 들어왔다가 점점 목에 힘이 들어가는 그들의 모습을 보는 건 새로운 재미이다. 앞으로 다가올 미래를 알지 못한 채...

어느 집단이나 젊은 나이에 당당하게 성공한 멋쟁이들이 있다. 최연소 고시 합격자도 있고, 젊은 CEO들도 있고, 연예인 중에서 찾으면 많겠구나. 성공을 하려면 여러 가지 운의 합이 맞아줘야 하고, 도와주는 사람들이 있어야 하는데 너무 어려서 성공을 하면 그게 다 자기가 잘나서 그런 거라는 생각이 들 수밖에 없는 것 같다.

네가 너무 잘났으니까 네 생각이 다 진리인지라 다른 사람 이야기는 귀담아듣지 않는 태도가 생기고 그 결과 넌 공감능력이 현저히 떨어진다. 그리고 너무 잘난 너는 사람들을 함부로 대하게 되기도 한다.

그래서 젊은 성공인들 중에는 되바라진 아이들이 꽤 있다. 주위에 많은 사람이 몰려드니까 늘 사람들을 만나야 하고 자연히 네 내면을 성찰할 시간이 부족해진다. 내면이 실하지 않은데, 만들어진 그 이미지를 따라가려다 보니 너를 자꾸 포장하기 위해 꾸미며 말하게 된다. 그래서 조금 가식적으로 느껴지기도 한다.

그런데 죽을 때까지 그렇게 잘만 지내다 가는 사람도 간혹 있겠지만 축하해~! 사람의 인생은 모르는 거라 생각지도 않았던 말도 안 되는 어려움이 닥칠 수도 있다는 거다. 태풍이 와서 네가 있던 그 아늑한 온실이 깨질 수도 있다는 거다.

어려움을 안 겪어 보았던 너는 상상도 안 해 보았을걸 대처능력이 현저히 떨어지고 유약한 너는 많이 휘청거리다 그대로 무너지게 되는 일이 많다. 마치 올드 무비스타가 예전 시절을 회상하며 마약을 하듯이, 그렇게 네 찬란했던 과거만 생각하면서. 저축은 해 놨겠냐. 평생 그렇게 벌 줄 알고 이미 다 썼지...

소년등과少年登科. 조선시대에 너무 어린 나이에 장원급제를 한 사람은 참수를 시키기도 했다고 한다. 나중에 더 큰 무서운 일을 저지를까 봐.

사람의 인연은 참 신기해. 네가 정말 어려울 때, 생각지도 못했던 인연이 나타나서 도움을 주거든. 어려울 때, 이상한 일들이 일어나서 누군가가 널 구해줘. 항상 모든 사람과의 관계에 진심을 다해. 도움이 안 될 사람은 조용히 멀리하되 적을 만들지는 마. 언제 어떻게 다시 만나게 될지 모르는 거거든.

그리고 지금 잘나가서 기고만장한 아이들아. 목에 힘 빼. 그래봤자 넌 신입이고 그래봤자 20대고 30대 초반이야. 인사 잘 하고 시간 잘 지키고 사람 소중한 줄 알고 네가 소속해 있는 집단 고마운 줄 알고 만약 거기에서 나가고 싶으면 투덜대지 말고 조용히 나가.

지금. 일이 뜻대로 잘 안되어서 의기소침한 아이들아. 신세 한탄만 하고 멍때리고 있지 말고 뭐든 해. 잡스가 그랬어. 모든 점경험은 10년 후에 연결된다고. 지금 네가 하는 실패가 실패가 아니야. 지금 네가 하는 좌절이 좌절이 아니야. 지금 만나는 사람은 그냥 나오는 게 아니야. 이 모든 게 10년 후에 '짠!' 하고 연결될 수 있도록 네가 하는 일과 관계에 정성을 다해.

● Remember
벼는 익을수록 고개를 숙인다.

어떻게 하면 영어 회화를 잘해요?

회화 강의 7년. 스피킹 테스트 강의 9년을 해온 내가 그동안 가장 많이 들었던 질문이다. 참, 한마디로는 할 말이 없다. 한국말을 잘하려면 어떻게 해야 할까? 책을 많이 읽어야 하고 생각이 있어야 하지 않을까? 한국말로 쳐도 무식한 말이 있고 유식하게 말을 구사하는 사람이 있는데...

오래전 일이다. 당시에 정말 큰돈을 버시던 유명한 토익 선생님이 지금도 건재하시다 점심을 먹자고 해서 난 가문의 영광으로 생각하며 떨리는 마음으로 나갔다. 티파니 쌤께 꼭 질문하고 싶은 게 있다 하셔서, 설레는 맘, 걱정되는 맘 반으로 나갔었다. 한참 식사를 하면서 조금 편해졌다 생각되었을 때, 그분은 나에게 정말 진지하게 물어보셨다.

"어떻게 하면 회화를 잘해요?"

난 웃음이 피식 나왔지만, 그 순간 내가 늘 생각하던 답을 자신 있게 드렸다.

"일단 성격이 좋아야 해요. 아무리 유창하게 말을 잘해도 그 사람이 못돼 처먹었으면 누가 그 사람이랑 말을 하고 싶어 하겠어요..." 좀 맹랑했나? 그땐 젊었어서...

자. 그렇다면 이제 '영어의 여신'사실 진짜 별명은 '소맥 여신!' 티파니가 오랜만에 영어 회화를 잘하는 방법에 대해 생각하며 가벼운 팁을 정리해서 드리려고 한다.

1. 착해야 한다

다시 말한다. 아무리 언어가 유창해도 웃지 않고 무뚝뚝하면 말 섞기 싫다. 어차피 그들 눈에 우리는 외국인이다. 넌 한국말 잘하고 이상한 성격의 외국애가 좋은가, 한국말 어설프고 착하고 잘생긴이것도 좀 끼워넣자... '잘.생.긴' 외국인이랑 친구하고 싶은가.

2. 문법을 알아야 할까?

답은 Yes. 근데 우리 중학교 때 토 나오게 봤던 한문 있던 성문종

합영어 다 안 봐도 된다. 네가 회화도 잘하고, 토익도 잘하고, 편입영어도 잘하고, 암튼 나중에라도 무너지지 않을 튼튼한 영어 실력의 기본을 갖추고 싶다면 지금 당장 서점에 가서, 깔끔하고 예쁘게 생긴 문법책을 하나 골라라. 그리고 일단 시제부터 공부해라. 현재, 과거, 미래, 현재진행, 현재완료 그리고 형식을 익혀라. 1형식에서 5형식. 너무 많으면 3형식까지만. 그것만으로도 대화는 충분히 가능하고, 외국 여행하면서 너 먹고 싶은 거 다 사먹을 수 있다. 그 다음에 욕심이 생기면 수동태를 하든, 관계대명사를 하든, 명사를 하든 그건 너의 자유다. 필요하면 다음 과정을 또 정해 줄 수도 있다.

3. 발음이 중요하지요?

혁. 솔직히 말해서 나는 '발음의 중요성'을 피 터지게 강조하면서, 미국 사람 흉내를 오버해서 내면서 강의시간을 때우는 강사를 참 싫어한다. 물론 기본적인 발음은 잘 구별해서 해야 한다. p와 f, b와 v, l과 r, th, z 이 정도. 더 멋지게 하고 싶다면 그 외 장단음 및 세련된 발음법을 가르쳐 줄 수 있다 네 영어가 촌스럽게 들리는 이유는 발음이 아니라 연음 때문이란 걸 알고 있을까? 한국. 말은. 끊어서. 말해도. 괜찮다. 하지만 영어는 연음과 리듬이 있는 언어이기 때문에 짧은 한 문장, 또는 의미단위가 바뀌기 전까지는 숨을 쉬지 말고 한 호흡으로 말해야 한다. 안다. 말하기 무서운 거. 그래도 속으로 떨지언정 겉으로는 유창한 척 연기하는 '담'을 키워보자.

4. 영어 표현이랑 단어를 자꾸 까먹어요...

악~ 당연하지! 한 번 보고 넘어가 버리는데, 그것도 성의 없이. 안 까먹으면 넌 천재지 이 욕심쟁이야! 진심 영어를 잘하고 싶다면 본인이 영어 환경에 노출되는 상황을 꾸준히 만들어야 한다. 한국에서? 가능~! 읽고, 듣고, 보고. 여기에서 외운 단어 저기에서 보고 생각이 나고. 또 무언가 읽다 보면 그 단어가 나오고. 이렇게 10번은 만나 봐야 비로소 네 것이 되지 않을까? 그리고 생각해봐. 네가 좋아하는 것, 취미생활. 얼마나 집중해서 정성들여 하니. 근데 영어는 딴생각하면서 억지로 받아들여 놓고 외워지기를 바라니?! 아이고... 감정이 격해졌다. Calm down~

5. 마지막으로 자신감

이 모든 것이 갖춰졌다면, 이제 자신 있게 말하자. 아마 못된, 서양의 애가 네 말을 못 알아듣고 난감한 표정을 지으면서 "What?" 할지도 모른다. 위축되면 안 돼! 그건 네 잘못이 아니니까. 그 아이가 제2 외국어로 구사하는 영어를 캐치할 센스가 없는 것이다. 아마 독일 사람, 필리핀 사람... 네 영어 다 알아들을걸? 그리고 제.발. 이건 나도 노력하는 것이지만 잘사는 백인 애 앞에서 작아지지 말자. 흑~ 우리나라가 강대국이 되어야 하는데...

그리고 항상 빨리 생각해서 말하자. 왜, 초등학교 때, 친구랑 말다

툴하고 집에 돌아와서 '아~ 이 말만 했으면 이길 수 있었는데...' 후회한 적 한번쯤 있지 않나? 외국인도 똑같다. 빨리 생각해서 그 순간에 답을 하지 않으면 걔 가고 없다. 그리고 넌 후회하겠지. 아~ 나 그거 영어로 말할 수 있었는데... 때로는 반응하는 시간을 단축시키기 위해 약간의 거짓말이 필요한 경우도 있다. 너의 마음과 다르게 말이 나오는 수도 더러 있다. 괜찮다. 답 확인하고 잡으러 오지 않으니까.

당장 보기에 화려한 영어, 왠지 발음도 좋은 것 같고 유창해 보이는 영어. 하지만 대화에 깊이가 없다면 그 대화는 얼마나 지속될까. 늘 똑같은 말을 하게 될 것이다. "How long have you been here?", "What is your favorite Korean food?" 지겨워 그렇다면 멋지게 영어를 꾸미는 것도 좋지만, 네 상식의 폭을 넓혀 보는 건 어떨까? 그 나라의 문화, 역사, 아님 영화배우, 음악 등에 대해 공부를 하면서 대화의 폭을 넓혀보는 것이다. 그럼 진짜. 3형식만 사용해도 너는 똑똑하고 훌륭한 conversationalist가 될 수 있다. 얘들아, 우리 외국 사람 만나서 음~ 흠! 예스만 하다가 오지 말고 30분 이상 대화를 한번 끌어보자~!

● Homework
영어를 잘하고 싶은 사람은 문법책을 장만. 우선 1, 2, 3형식만 익히자.

어떻게 하면 영어 회화를 고급스럽게 잘해요?

나는 외국 생활을 오래하지 않았다. 그래도 어려서부터 언어영어, 국어, 불어...를 꽤 잘해온 걸 보면, 이 분야에 관심이 있고 소질이 좀 있는 것 같기도 하다.

15년 전, 한국에 돌아와서 와서 우연히 영어 강사가 되었다. 영국인 그 친구 이력서를 들고 무작정 학원에 찾아갔다가 마침, 갑자기 그만둔 강사의 대타로 강의를 하게 되었고, 그 학원을 그만둔 후 똑같은 일이 반복된 후에 결국은 이 직업에 안착하게 되었다. 아무래도 천직인가 보다.

처음 갑자기 회화 강의를 맡았을 때, 난 너무 두려웠다. 성인들 앞에서 과연 무엇을 어떻게 해야 하는지 난감했다. 그때 중학교 때 친구 형준이한테 전화를 걸어서 도와달라고 했더니, 형준이는 "요즘은 강남 E 학원이 유명해. 너 공강 시간 때 거기 가서 수업을 하나 들어. 듣고 와서 똑같이 강의해."라는 조언 아닌 조언을 해준 기억이 난다. 얘 웃기다. 그래도 얘가 이번 특강 때 와서 나 강의하는 걸 보고 이제야 내 실력을 인정하고, 흐뭇해하면서 돌아갔다

그때 난 학생들이 정말 좋아하던 강사였고, 옆 강의실에서 들려오는 외국 생활 오래 한 강사들의 손 좀 오그라들지만 리듬감 있는 영어를 들으며 '뭐, 기초 영어인데 꼭 네이티브 같은 사람한테 배울 필요 있어? 수학도 초딩은 교수님보다 동네 언니가 더 잘 가르쳐 줄 거야.' 라고 혼자서 위로하곤 했다. 그때 강의를 하던 사람들은 지금 다 어디 갔나...?

그리고 8년 전. 우연히 영어면접반 강의를 맡으면서 상황은 달라졌다. 나는 시사, 경제, 환경을 아우르는 어려운 주제에 대해 학생들이 자기 생각을 조리 있게 정리해 내도록 만들어야 했다.

한번은 K대학교 경제학과에 다니는 모범생 남학생이 수업 후 나를 찾아와서 물었다. "선생님은 어떻게 그렇게 아는 게 많고 똑똑하게 말씀을 하세요?" 내 대답은 솔직했다. "너, 지금 12시 수업 듣지? 새벽 7시 타임에 한번 와봐. 나 하나도 몰라. 주제를 주면 사람들이 말을 해. 그걸 잘 기억하고 있다가 다음 타임, 다음 타임 강의를 하다 보면 12시쯤 이게 완전 내 거가 돼서 이제야 프로페셔널해 보이는 거야^^"

이런 나를 좋아해주고 협조해준 지나간 학생들아. 너무 고맙고 미안하다. 어쨌든 난 그때부터 내용도 논리도 세련된 '고급 영어'에 눈을 뜨게 되었다. 가끔 이렇게 묻는 사람들이 있다. "외국인 남친/여친을 사귀면 영어가 늘겠죠?" 응. 늘 거다. 하지만 아주 초급에서 중급은 가도 그 후에는 네가 단어 외우고 공부해야 한다. 네 말대로라면, 그 옛날 슬픈 역사 시절에 주한 미군이랑 만나던 언니들은 영어를 다 잘해야 하는데 왜 그냥 표정과 몸짓과 의성어로 소통하는 분들이 많았겠니?

어쨌든 강의를 하면서 놀랄 만큼 실력이 성장한 나는 이제 어디서 미국에서 20년 살다 온 사람이랑 만나도, 절대로 기 안 죽고 내 생각을 조리 있게 말할 자신이 있다. 물론 심하게 오버하면서 말하는 건 아직도 잘 못하겠다.

1. 난 오픽이나 토익스피킹 강의를 할 때는 항상 1, 2, 3을 부르짖는다. 질문을 들으면 머릿속에 1, 2, 3 키워드를 세우고 말을 하면서 풍성하게 살을 붙이는 거다. 키워드를 꼭 붙잡고 있어야 한다. 그래야 말하다가 '어~어~' 길을 잃거나 답이 딴 길로 가지 않는다.

2. 영어면접 같은 경우에는 처음에는 그 질문에 대한 답을 빨리 한 문장 만들고, 숨을 돌리면서 연관된 두세 문장을 붙여 주도록 한다. 너무 길게는 말하지 말자. 면접관들도 지친다.

3. 제발! 네가 꼬옥 하고 싶은 그 말. 그 말만은 제발 참자! 네가 진심 하고 싶은 그 말은 나중에 마음 착한 외국인 친구 사귀었을 때, 밥 먹으면서 천천히 하고 평소에는 네가 '할 수 있는 말'을 하는 거다. 넌 지성인이잖아. 넌 한국말을 얼마나 잘하겠니. 근데 왜 그 어려운 말들을 그대로 번역하려고 자꾸 욕심을 내니. 당연 일대일대응도 안 될뿐더러, 고생고생해서 그거 겨우 영어로 바꾸어 놓으면 되게 더 어색해진다는 거 알고 있니? 영어 말하기 전에 네 한국말부터 단순화시켜야 해. 그게 더 영어스럽단 말이야. 제발 이제는 내려놔.

너는 네가 중학교만 나왔어도 충분히 괜찮은 회화가 가능하다는 걸 알고 있을까? 그리고 너무 어렵지는 않지만 고급스러운 단어들을 끼워 넣어주면 단순해서 더 깔끔하고 예쁜 멋진 문장들이 나온다는 걸 알고 있을까? 때로는 이런 생각을 한다. 누구라도 외국인이랑 조용한 곳에 둘이 있으면 얼마든지 소통이 가능할 텐데. 어쩜 우리가 무서워하는 건 그 외국 사람이 아니라, 그 옆에서 등 돌리고 소리 없이 듣고 있는, 내 문법이랑 발음 혼자 평가 내리고 있는 한국 사람이 아닐까 하는…

다시 본론으로 돌아와서. 중고등학교 때는 욕을 하고 은어를 쓰는 아이들이 많다. 하지만 성인이 된 후에 우리는 그게 쿨하다고 생각하며 욕하고 다니지 않는다. 언어는 그 사람의 지성을 나타내 준다. 기본 문장에 대한 이해가 갖추어졌으면 이제 우리 한번 고급스러운 영

어에 욕심을 내보는 건 어떨까. 물론 한국어도! 우리는 품위 있는 사
람들이니까...

영국 영어 vs 미국 영어

처음 강의를 시작했을 때는 내가 영국 악센트를 쓴다고 해서 컴플레인을 좀 받았었다. 그거, 그다지 또 영국 악센트도 아냐 그래도 세상 참 좋아졌다. 이제야 많은 한국 사람들이 미국 영어만이 최고라는 고정관념을 깨고 그 다양성을 받아들이고 있으니까... 영국 영어와 미국 영어는 어떻게 다를까. 물론 여러 가지 차이점이 있겠지만, 이것 또한 그저 나의 좁은 생각일 뿐이므로 만약 생각이 틀렸어도 이해를...

1. 입의 크기

미국인들은 입을 크게 벌린다. 지역에 따라 조금 다르긴 하지만
ask애애스크, dance때앤쓰, Backham배키애앰~~

영국인은 이렇게 입을 크게 벌리는 걸 쌍놈이라고 생각하는 것 같다. 그들은 이렇게 발음한다.

ask어스크, dance던스, Backham배커엄

2. t 발음의 생략 외...

미국인들은 t 발음을 잘 안 한다.

interview이너뷰, computer컴퓨러, tomato토메이로

이들은 바쁜 시대에 맞추어 좀 더 실용적이고 캐주얼하게 발음을 하는 것 같다. 영국인들은 어림없다. 다 해야 한다.

interview인터뷰, computer컴퓨터, tomato토마토

미국인들은 축약도 많이 한다.

going to가나, want to와나

영국인들은 꼭! 발음한다.

going to고잉투, want to원투

영국인들은 분명히 있는 스펠링인데 막 축약하고 생략하는 것을 걸 '게으른 영어'라고 여기는 것 같다.

마음을 열고 잘 생각해 보자. 어쩜 우리에게는 입을 크게 벌리고 한껏 굴려야 하는 미국 영어보다 영국 영어가 더 잘 맞는다는 느낌이 들지 않은가. '토메이로'가 아닌 '토마토'. '바이러민'이 아닌 '비타민'이 한국인에게 더 적합한 것 같다는 말이다. 혹시 누가 너보고 발음이 이상하다고 하면 영국식이라고 우길 수도 있고.

3. 단어와 표현이 다르다

많이 알려져 있지만 elevator를 영국에서는 lift라고 하고 지우개는 eraser라 안 하고 rubber라고 하며 football은 미국에서 미식축구를 칭하지만 영국에서는 그냥 축구이다.

미국인들은 freshman, sophomore, junior, senior 등으로 학년을 나타내기도 하지만 영국인들은 "I'm in my first year.", "I'm in my final year." 이렇게 말한다.

이러한 언어습관은 그 나라의 문화와 역사, 국민성에서 기인한 것인 것 같다. 전통을 소중히 여기고 품위를 중요시하는 나라. 스프를 먹을 때 숟가락spoon을 뒤로 밀어서 떠먹는 문화는 옛날, 영국 귀족들이 아무리 배가 고파도 '난 음식에 허겁지겁 달려들지 않는다'는 걸 보여주기 위해서였다고 한다. 시대가 변하고 인구수가 늘어서 국회의원의 수도 늘었지만, '옛것'인 예전 의사당을 허물지 않고 고수하는 바람에, 그 많은 초선 의원들은 자리도 없이 선 채로 회의에 참가해야 한다고 한다.

비가 많이 오고 날씨가 우중충하기도 하지만, 새 옷을 잘 사지 않는 많은 사람들이 오래된 트렌치코트를 입고 지하철을 타는 모습은 오히려 멋스럽기까지 하다. 곧 비가 올 것만 같은 지금 날씨는 꼭 영국 같다. 오늘은 잠시 영국에 있던 때를 생각하며 홍차 한잔 마시면 좋을 것 같다.

●Remember

사회생활을 하다 보면 꼭 미국 사람하고만 교류하게 되는 건 아니다. 다양한 악센트를 이해하고 대화할 수 있는 유연성을 기르자.

음악감독 친구 김준석

준석이는 중학교 때 친구이다. 참 친했다. 어렸을 때는 잘생겼었다. 준석이는 공부를 잘하고 점잖은 모범생 아이였다. 그런 친구에게 음악인의 꿈이 크게 있었다는 걸 짐작하지는 못했었다. 서울고 축제 때 공연을 하는 것을 가서 보기는 했지만, 다른 친구들처럼 좀 하다 말겠지 했지, 계속 음악을 할 줄은 몰랐다. 그래도 지금 이렇게 성공적인 음악 감독이 되어서 참 자랑스럽다.

내가 TV나 영화를 안 봐서 친구가 음악을 한 작품들에 대해 잘 몰라서 미안. 그래도 내가 들어 본 작품들을 나열하자면 〈해를 품은 달〉, 〈장옥정〉, 〈말죽거리 잔혹사〉, 〈써니〉, 〈쌍화점〉, 〈마파도〉, 〈결혼은 미친 짓이다〉, 〈싱글즈〉 등등이 있다. 친구 블로그 가 봤더니 정말 많네... 그리고 최근에는 〈미생〉 음악감독을 했다. 미생은 요즘 뒤늦게 보고 있는데, 드라마도 너무 좋고 음악도 정말 고급스럽다.

다음은 준석이와 한 대화 내용이다.

1. 넌 언제부터 음악가가 되고 싶었어?

그냥 막연하게 음악이 좋다. 음악인이 되고 싶다는 건 11살, 12살 쯤부터였던 것 같고. 고등학교 때 서울고 축제에서 연주를 할 기회가 생겼는데, 3개월간 그렇게 연습을 많이 했는데 공연을 망쳐버렸지. 그때 너무 속상해서 더 잘했어야 하는데 하는 생각밖에 안 들었어. 그래서 음악에 대한 욕구가 더 생겨버렸던 것 같아. 비록 부모님의 반대로 음악 공부를 하는 건 당시 할 수 없었지만, 대학만 가면 음악을 할 거란 생각을 한 게 고2쯤부터였던 것 같아. 하지만 그땐 밴드로 성공하는 게 꿈이었고, 밴드로서의 삶이 잘 안 풀리다가 스물네 살 때 조성우 음악감독님의 우연한 제안에 영화음악가로서의 삶을 살게 된 거지...

2. 지금 행복해? 지금 꿈대로 살면서 아쉬운 점은?

음악가로서? 음. 행복해. 스트레스는 엄청나고, 힘들고, 잠도 잘 못 자고 그렇지만 이런 일들이 내게 있을 수 있음에 매우 감사하며 살고 있죠. 아쉬운 점이라면, 정말 좋아하는 것이 업이 되었을 때 오는 고충은 사실 말로 표현할 수 없어. 한 예로 내가 여행과 사진을 찍는 게 취미야. 그런데 예전 프라하의 사진을 찍어달라는 부탁프로페셔널한 부탁을 받고 사진을 찍으러 프라하에 갔었는데, 엄청난 스트레스를 받았어. 아침부터 날씨는 어떤지. 해가 어디에 있는지. 뒷배경은 어떤게 걸리는 게 좋을지. 조리개 값은 어떻게 하는 게 좋을지. 렌즈는 단렌즈를 쓰는 게 나을지.

그렇게 좋아하는 건 취미로 삼는 게 좋겠다는 생각을 해서 그 뒤론 사진을 찍어주는 부탁은 잘 들어주지 않게 되었어. 내가 원해서 찍어주고, 그 사진을 나눠줬을 때 사람들이 좋아하는 걸 매우 행복해하지만. 정말 좋아하는 건 취미로 남겨두는 것도 나쁘지 않겠다는 생각을 많이 했었어.

3. 다른 거 한다면 뭘 하고 싶어?

아마 여행 작가? 음악적인 일 말곤 그리 할 줄 아는 것이나 좋아하는 게 없지만, 그나마 좋아하는 게 여행이고, 사진 찍는 거고, 그 여행에서 느낀 걸 내 맘대로 갈겨쓰는 걸 좋아해. 그 덕에 세계여행 파워블로거가 되기도 했지.

4. 젊은이들이 꿈을 찾아가는 게 맞다고 생각해? 때로는 형편에 따라 현실과 타협해야 한다고 생각해?

글쎄. 정답이라는 게 있을까? 각자에게 기준은 다른 것 같아. 단지 우리는 너무나 다른 사람들의 시선을 신경 쓰고 산다는 생각이 들어. 왕년에 공부 잘하던 내 친구들이 다들 취직도 잘하고, 고액 연봉으로 살고 그러던 시절에 나는 영화음악 일을 연봉 90만 원에 절대 월급 아님 시작했었어. 진짜 90만 원 버는지도 모르고, 마냥 그 일이 좋아서 막 따라다니고 그랬던 것 같아. 그냥 그게 너무 좋았던 거지.

내게 있어서의 꿈은 나의 모든 가족과 주변인들의 행복이라 생각 돼. 그 꿈을 이루기 위한 수백, 수천 가지의 작은 꿈들이 있고. 그 꿈들을 매우 긍정적으로 생각하면서 하나씩 이뤄나갈 때 매우 행복함을 느껴. 일례로 내가 혼자 가본 여행지를 '아, 내가 가장 사랑하는 사람들에게 보여주고 싶다!'라고 생각하고, 그들과 같이 그곳을 가보는 상상을 매일 하면서 준비해서 돈도 거의 못 벌던 시절 부모님과 당시 여자친구였던 지금의 와이프와 넷이 프라하를 갔던 거라든지, 아님 얼마 전 고생하는 나의 회사 멤버들과 함께 발리여행을 갔던 거랄까.

나는 개인적으로 비관적으로 생각하는 사람들을 주변에 두지 않아. 소위 투덜대는 사람. 친구들이 고액 연봉을 받던 시절, 나는 4천 원짜리 된장찌개 살 돈이 없어서 여자친구가 내준 적도 있어. 하지만 그들을 시기하거나 질투한 적이 없어. 항상 진심으로 그들이 잘돼서 기뻤고, 그리고 또 한편 나도 내 분야에서 저렇게 될 거라고 믿으며 살았어.

뭐 신앙심이 좋은 건 절대 아니지만. 내게 주어진 현실이 베스트일 리는 없는 거잖아. 내 현실이 어떻든 간에, 나는 꿈을 좇았고 그 꿈을 하나씩 이뤄가고 있어. 언제까지 이게 계속될지는 알 수는 없지만, 이 순간만큼은 매우 행복하게 살려고 노력하고 있지. 제자들이 많은

데 당신에 비하면 택도 없겠지만 그들 대다수가 뭘 시작도 안 해보고 걱정하고, 속상해서 울고 있고. 그런 거 보면 안타깝기도 하지만 화도 나. '니들이 뭘 시도나 해봤니?'라고….

나도 내 일을 한 지만 18년째인데, 18년간의 과정을 보지 않고, 왜 난 이 사람처럼 일이 안 들어오나 뭐 그런 것 같다는 느낌이랄까? 표현이 좀 이상하긴 하다만, 그런 친구들을 보면 화도 나고, 속상하기도 하지. 물론 사람마다의 환경은 다르기에 함부로 말을 할 순 없지. 하지만 한편으로는 그렇게 생각해. 그 사람의 바람이 간절하다면, 그 사람의 간절한 마음을 알아주는 사람들이 '아, 저 사람 잘됐으면 좋겠다.' 하고 도와주는 것 같아. 나 하나 잘나서 어느 자리까지 올라가는 경우는 거의 없다고 봐. 모두의 작은 힘이 모여 내 부족한 면을 채워줘서 그 자리 비슷하게라도 갈 수 있는 것 아닐까 싶어. 내 현실이 어떻든, 벗어나서 더 나은 이상을 추구하는 것, 그리고 그 이상이 현실이 조금씩 되어 갈 때의 기쁨을 느껴보라고 조언해주고 싶어.

이 글은 카톡으로 받은 답변이다. 솔직히 난 이 글을 읽으면서 내 자신이 힐링되는 것을 느꼈고 오늘까지 스무 번은 특히 4번 답 읽은 것 같다. 바쁜 와중에 흔쾌히, 정성껏 생각해서 답을 해 준 준석이에게 감사. 앞으로 더 더 잘되길…

2015년 5월 카톡

나: 준석아, 이 포스팅 내 책에 실어도 될까?
준석: 응, 교정 좀 봐주고 글자당 3만 원, 그럼 돼.
나: 글자당 30원. 딜!
준석: 어? 수현아. 저 글에 내 작품 아닌 것도 있다.
나: 그래? 빼야겠다.
준석: 써줄 거면 대표작들을 써줘야지. 대종상 2회 수상 같은 것도^^

● Remember
그 사람의 바람이 간절하다면, 그 사람의 간절한 마음을 알아주는 사람들이 '아 저 사람 잘
됐으면 좋겠다.' 하고 도와주는 것 같아

기적은 아주 가까이에

2015년 3월, 블로그가 인기를 끌기 시작하자 나는 나만의 프로젝트를 계획한다. 성공한 사람들, 꿈을 이룬 사람들, 꿈을 접은 사람 등을 인터뷰를 해서 아직도 자기의 꿈이 뭔지 모르는 아기들, 꿈을 알지만 포기해야 할지 갈등하는 아기들에게 지표를 제시해 주고 싶었다.

나는 가수, 음악인, 스타가 되지 못한 배우, 변호사가 된 승무원 등에게 지금 행복한지, 그 선택에 후회는 없는지 물어본다. 모두가 행복하다고 한다. 나는 더 꿈을 포기한 사람을 찾아보기로 결심. 반포에서 제일 기타를 잘 쳤고, 대학교 때 까지도 기타로 날렸지만 지금은 회사에 잘 다니고 있는 선배를 찾아서 질문을 한다. 행복하다고 한다. 의외였다. 그러던 중, 어제 카톡에서 예전에 그 오빠가 했던 흥미로운 대사를 발견하게 된다.

"요즘 너무 좋은데 뭔가가 아쉬운데 그게 뭔지 잘 모르겠어. 첨에는 음악 다른 직업 등인가 생각했는데 아닌 거 같아. 찾아도 별거 아니겠지만... 근데 그 허함의 시작이 내가 보는 나랑 타인이 보는 나랑 완전히 다르다는 걸 알게 된 후부터야. 나중에 답을 얻게 되면 타인이 맞았다고 할 수도 있겠지만 난 아닌 것 같거든. 아직도..."

어쩌면 우리는 나 자신은 포장해서 잘 씌워둔 채, 주위에서만 행복을 찾아왔던 게 아닐까.

그래서 늘 더 좋은 일이 뭔지 찾아 방황하고, 일이 맞지 않다고 생각해서 갈등하고, 상대가 나랑 다름을 발견했을 때 경악하고, 실망하고. '처음에는 동질감을 느끼고 상대에게 잘 맞추다가 곧 상대가 변했다고 인지 ⇒ 나중에는 원래 우리가 다름을 인정. 헤어짐' 이런 패턴을 늘 반복해 왔던 것이다. 처음에 느낀 동질감 역시 내가 좋아서 나도 모르게 맞추고 있었던 것. 나를 있는 그대로 꺼내놓고 마주하긴 나도 두려우면서 나의 좀 별로인 점들을 잘 알기에... 내 포장된 멋진 모습을 기준으로 세워놓고 부가적인 행복의 조건들을 거기에 맞추다 보니, 늘 문제가 생겼던 게 아닐까.

내가, '진짜의 나는 이런 사람이다.'라는 걸 직시하고 인정하고 그런 내 자신을 온전히 사랑하게 되었을 때 상대의 부족함, 변함사실 변한 것도 아님. 얘도 포장이 좀 벗겨졌을 뿐을 잘 이해할 수 있는 사람이 될 수 있는 것 같다. 또한, 내 자신을 진심으로 사랑하고 응원하게 되면, 내 자체가 소중하기에 더 이상 이 직업 저 직업 더 나은 직업, 더 나은 사람을 찾아 돌아다니면서 주위에서 행복을 찾을 필요가 없을지도 몰라. 행복은 바로 여기, 내 안에 있는데 모두들 멀리를 보고 찾고 있다.

쉽지는 않다. 다 내려놓고 나면 이제 아무것도 없어질까 봐 초라한 내 쌩얼이 세상에 드러나는 게 두려워서 아직도 많은 우리는 연기를 하며 살아가고 있다.

지난 4개월, 나는 수많은 사람들과 소통을 하며 한 번도 꺼내보지 못한 내 인생의 오점들, 아픔들을 공개하게 되었다. 난 그동안 내 상처를 돌보지도 않았고 연고를 바르지도 않았고,

대충 반창고를 붙여 방치해 놓고 얼마나 곪아가고 있었는지 꺼내 볼 생각도 하지 않았었던 것이다.

그동안 덮어두었던 내 아픈 과거도 다 안아줄 수 있게 되고, 내 힘든 시절도, 그냥 지금의 나를 만들어준 작은 일부분쯤으로 여기며 그렇게 내 자신을 온전히 사랑하게 된 지금 난 어떠한 상황에서도 행복한 사람이 될 수 있게 되었다. 내가 많이 부족한 걸 받아들이고 그런 나를 사랑할 수 있기에 상대방의 아픔도 잘 감싸줄 수 있는 큰사람이 될 수 있게 되었다.

모든 답은 결국 자기 자신에게 있다. 이제 나는 사람들이 용기를 내어서 포장되지 않은 자기 자신을 좀 더 바르게 바라보고 사랑하는 연습이 필요하다고 생각한다.

그동안 저의 진실한 마음을 잘 알아주시고 느껴주셔서 감사합니다.

● Homework
나를 보자.

Epilogue
:

2015년 1월 12일 종로 Y 어학원 703호

마음이 많이 안 좋다. 사는 게 내 맘대로 되지 않는다. 내가 그린 그림대로라면 겨울방학 때 대박이 나서 그동안 정성껏 준비했던 자료들을 몰려오는 수강생들한테 다 보여주고, 그걸로 멋진 강의도 하고. 또 돈도 많이 벌어서 8개월 동안 무보수로 오직 쌤의 성공만을 바라며 도와준 우리 착한 조교 아이들에게 맛있는 것도 사줘야 하는데… 열심히 일하면 그에 따른 결과가 오는 게 당연한 건데 이건 분명 뭐가 잘못된 게 분명하다. 노력을 보상받지 못한 지금의 현실은 가혹하다. 이제 힘내자고도 못하겠다. 나는 이미 충분히 힘을 다 냈단 말이다.

5년 전에 한번 보고 다시 만난 사람. 오랜만에 설레는 감정을 느꼈다. 하지만 지금 내 주제에 남자를 만나고 다닐 때도 아니다. 내 인생부터 바로 세워야 한다. 외롭다. 예년 같으면 쉬는 시간에는 학생들이 찾아와서 정신 쏙 빠지게 말을 걸고 질문을 했을 텐데. 갑자기 시간은 남고, 난 도무지 무엇을 할지 모르겠다. 혼자 노는 법을 다 잊은 것 같다. 돈도 함부로 쓰면 안 된다. 앞으로 상황이 어떻게 될지 모르는데… 그럼 난 지금 무엇을 해야 할까. 어디에다 마음을 붙여야 할까… 블로그! 여기에다 종로 맛집이랑 영어 표현들을 포스팅하면 홍보 효과도 있다고 하던데... 그건 또 썩 내키지 않는다.

그래! 내 친구를 만들자. 내가 마음을 터놓을 수 있는 숨겨진 나만의 친구. 민폐 끼치기 싫어서 그동안 내 슬픈 마음을 아무한테도 털어놓을 수 없었는데... 나한테 털어놓으면 되지. 내가 내 제일 친한 친구가 되어 주면 되는 거였어.

나는 혼자 빈 강의실에서 글을 써서 올리기 시작한다. 아무런 목적도 없이, 강의를 홍보할 욕심도 없이. 친한 학생 세 명이 달랑 이웃을 맺어준 내 블로그를 나만의 소중한 공간으로 만들기 시작한다. 때로는 너무 솔직해서 누가 제발 이건 안 봐줬으면... 하는 마음으로 글을 올린다.

하루 방문자. 두 명, 세 명, 다섯 명... 신기하다. 오늘은 다섯 명이나 왔네. 누가 이런 허접한 데를 들어오는 거지? 우연히 글을 본 예전 학생이 요청을 한다. "쌤, 연애 조언도 써주세요!" 연애 조언? 내가 지금 연애 세포가 살아있을까? 그래도 소싯적엔 연애 상담가로 이름을 날렸었는데. 어디 한번 풀어 볼까...

뭐지? 방문자가 폭주한다. 2,500명! 뭔가 내가 시원한 곳을 긁어 줬다고 한다. 이렇게 민감한 이야기를 저렴하지 않게 거침없이 풀어낸 글을 본 적이 없다고 한다. 내 글이 SNS 여기저기에서 돌아다닌다. 댓글들을 보는 게 더 신기하다. "이 여자 진짜 말 잘하지 않니?"라고 내 이야기를 여기저기에서 한다. 히히. 나 여기 있는데...

모르는 사람들이 상담을 해 온다. 기쁘고 신기하고. 조금은 당황스럽지만 정성을 다해 조언을 한다. 이별을 겪은 20~30대 여자들. 취업이 고민인 20대 남녀. 내 글을 읽고 꿈을 찾기로 결심했다는 직장인, 소개팅마다 실패하는 30대 금융인. 30년 동안 열심히 일만 해오다 삶의 회의를 느끼고 계시는 50대 대기업 임원.

 박수현
1월 5일 · 🌐

1월. 기대를 가지고 여름부터 준비했었다. 전타임 마감하며 다시 우뚝선 멋진모습을 보여주고 싶었다. 하지만 현실은 생각보다 녹록치 않았다. 잠시 의기소침해졌지만 다시 힘을 내보려고 한다. 사람이 아무것도 할수 없을땐 힘을 내는 수밖에 없는것 같다. 내가 잘되어야 우리 아이들한테 자기 일 즐기고 열심히 사는 사람이 성공한다는 귀감이 될수 있는데... 그리고 힘들고 외로워도 자기자신을 사랑해야 할것같다. 나 혼자 온전히 바로 섰을때 누군가를 사랑할 준비가 될 수 있는것 같다.

난 여유시간이 생길 때마다 글을 올리고, 고민을 듣고, 감히 조언을 하고, 소통을 한다. 십수 년간 아이들과 이 강의실에서 함께 울고, 웃으며 이야기하던 것들을 생각하면서... 이상한 일이 생겼다. 내가 힐링이 된다. 사람들을 도와주는데 왜 내가 치유가 되지? 행복하다. 마음이 따뜻하고 더 이상 외롭지가 않다. 하는 일이 잘 안되어도 초조하지가 않다. 어느새 나는 너무도 든든한 백을 가지고 있는 부자가, 그리고 그것보다도 내 자신이 더 단단한 강한 여자가 되어 있었다.

공감능력. 나는 글을 잘 쓰는 사람이 아니다. 어릴 적 교내 백일장 한번 나가 본 적이 없다. 책도 별로 안 읽고 살았다. 그래서 지금도 누가 "어떻게 그렇게 글을 잘 쓰세요?"라고 물으면 정말 고맙고 기분이 좋지만, 내 글이 좋은 건지. 지금 이게 형식은 맞는 건지 궁금할 때가 한두 번이 아니다. 그래도 하나 자신할 수 있는 건, 글 쓸 때만은 완전한 민낯의 내가 되어서 아무런 가식 없이, 과시나 꾸밈없이 정성을 다해서 내 이야기를 진솔하게 풀어냈다는 것이다. 어쩌면 나도 몰랐던 내가 가지고 있는 가장 무서운 능력은, 영어 강의도 아닌, 글쓰기도 아닌, 내가 가진 상처를 바탕으로 사람들을 이해하고 공감하는 능력이 아닐까.

아직 내 이야기는 끝나지 않았다. 책이 출판된 소중한 기회를 필두로 아직 못다 한 더 깊은 이야기들을 하루빨리 풀어내는 기회가 오게 되면 좋겠다. 블로그가 인생을 바꾸어 준 사람들이 있다고 한다. 나는 글을 쓰고 사람들과 소통을 하면서 마침내 나를 찾았고, 지금 기적과 같은 일들을 경험하고 있다. 나의 블로그 생활을 기점으로 이제 내 인생의 멋진 2막이 시작될 것 같다.

어릴 때의 불행한 기억, 덮어만 두었던 아픈 과거, 2년 전에 당한 힘든 일, 대박이 나지 않은 1월, 내 마음을 몰라주었던 그 사람. 이 모든 경험들이 지금은 정말 소중하고 감사하다.

박수현과 소통하세요!

Facebook: https://www.facebook.com/soohyon.park
블로그: http://blog.naver.com/tiff0806
인스타그램: YBMTIFFANY
네이버카페: http://cafe.naver.com/tiffanyspeaking
이메일: tiff0806@naver.com

응원의 댓글들

└ RE : "티파니 강사 X, 티파니 선생님 O. 전 항상 선생님이라고 부르는 이유가 티파니 선생님의 '따뜻함'을 봤기 때문이 아닐까 해요. 항상 응원합니다!"

└ RE : "언니의 진심 어린 글들이 더 많은 사람들에게 하루를 버틸 힘이 되어주길 바라요. 불과 몇 개월 전, 절박한 마음으로 우연히 언니 글을 읽었고 그 우연의 시작으로 좀 더 나은 삶을 살게 되었으니까요. 그리고 민낯 그 자체로 아름답고 행복해진 언니가 앞으로도 행복하셨으면 좋겠어요! 항상 감사합니다."

└ RE : "처음 선생님의 글을 보았을 때는 개인적으로 인생의 멘토가 필요한 시점이었어요. 기댈 곳 없던 제가 생전 한번 보지도 못한 분의 진심이 담긴 글을 보고 웃고 가슴 아파했었죠. 실제로 정말 뵙고 싶었던 선생님! 만난 적은 없지만 든든한 큰 언니 같은 뼈 있는 글들이 모두 하나같이 저에게 해주시는 말씀 같았어요."

└ RE : "딱 두 달 전에 절박한 심정으로 선생님께 상담하던 때에 비하면 지금은 많이 행복해졌고 또 많은 것을 경험했고 그래서인지 조금 더 성숙해진 것 같아요. 이 글 읽고 또 한 번 힘내고 갑니다. 감사해요, 선생님."

└ RE : "잘 읽었습니다. 읽으면서 선생님의 안타까움이 많이 묻어나는 글이라는 생각이 들었습니다. 선생님이 행복한 글을 포스팅할 수 있는 사회가 오면 좋겠습니다."

└ RE : "진짜 선생님의 글을 보면 진실한 이야기가 사람의 가슴을 울린다는 표현이 어떤 느낌인지 알 것 같아요. 글을 잘 쓴다는 건 글을 읽는 사람이 쉽게 받아들이고 마음에 파도를 일으키는 느낌이 드는 건데... 아마 선생님의 글을 읽는 사람은 다시 한번 자기 자신과 진솔하게 대화할 수 있는 용기와 시간을 스스로에게 선물할 수 있을 거예요. 제가 선생님 글의 주제들을 보고 제 자신에 대해 돌아보고 있거든요. 이런 소중한 기회를 주셔서 감사해요, Tiffany! 그리고 언제나 선생님이 항상 행복하길 응원할게요!"

└ RE : "언니를 알게 된 것은 이별이라는 최악의 상황에서 받은 최고의 선물이에요! 언니의 글을 통해 이별을 극복하는 힘을 얻었고 앞으로 언니처럼 멋지게 살자는 다짐을 했어요. 더 열심히 지내려고요! 제가 더 감사하고 더욱 감사해요. 우리 더 멋지게 날아요! 항상 응원할게요."

└ RE : "마음 안 좋아서 우울한 참에 블로그 와서 좋은 많이 읽었네요. 저도 말씀해 주신 것들 실천 많이 해서 자기계발에 힘쓰도록 해야겠어요. 일하는 모습의 매력과 일에 대한 진심 어린 사랑을 통한 인간관계와 회복의 연계성이 매우 매력적입니다."

└ RE : "주눅 들지 않은 제 자신을 찾게 해 주셔서 감사합니다."

└ RE : "티파니 님 같은 분들이 계속 많아지면 세상은 살기 좋아질 거예요. 항상 응원합니다."

└ RE : "마음이 흔들렸던 저녁이었는데, 글을 읽고 맘을 다잡게 되었습니다. 언제나 응원할게요."

└ RE : "결심했어요! 제 자신을 행복하게 해주기로요. 어떻게든 제 인생 잘 꾸려야겠어요."

└ RE : "자존감이 무너졌었는데 선생님 덕분에 회복할 수 있었어요. 글 감사했어요."

└ RE : "선생님의 마지막 한마디, '혼자서도 행복할 수 있는 나만의 세상을 만들어 놓아라' 하는 말이 가슴에 깊이 와 닿네요. 감사합니다."

└ RE : "선생님은 사람을 참 기분 좋게 해주시네요."

감사의 댓글들

└ RE : "어쩜 이렇게 제가 요즘 고민하는 것들에 대해서만 쏙쏙 골라서 글을 써주시는 지! 포스팅 보고 눈물 찔끔 흘렸어요."

└ RE : "티파니 선생님 글은 볼수록 너무 좋아요!"

└ RE : "저도 연애하면서 가슴 떨리는 일도 많았고 그만큼 아픈 일도 많았는데, 선생님 글을 보다 보니 그 순간들을 좀 더 객관적으로 바라볼 수 있었던 것 같아요. 예 전에는 '왜 항상 나한테는 이런 일이 발생하지?' 하는 생각만 가득했는데, 마치 제 얘기 같은 선생님 글을 보다 보니 조금 더 다양한 관점에서 바라볼 수 있어 서 나름대로 상처를 극복한 기분이 들기도 해요."

└ RE : "아무것도 아닐 수도 있지만, 연애에는 정답이 없는 것 같아요. 하지만 자신의 행동과 언행을 상대방의 입장에서 생각해 볼 수 있는 안목을 키우는 것은 가 장 효과적인 해답인 것 같아요. 영어 선생님으로 만난 분이지만, 영어뿐만이 아닌 인생을 살아가는 데 있어 많은 지혜를 얻을 수 있었어요."

└ RE : "빠른 답변 고마워요. 결국엔 제 자신의 문제겠죠. 손잡아 주셔서 감사합니다."

└ RE : "언니 글이 더 따뜻하게 느껴진 이유가 일방적인 조언이 아니면 비슷한 입장에 서 쓴 스스로와 타인에 대한 다짐의 글이라서 그런 것 같아요. 블로그를 통해 이렇게 언니와 인연이 닿은 것도 감사하고 언니와 이렇게 소통할 수 있어서 헤어짐에도 감사해요. 언니께서 제게 위로와 자극을 주시듯 저도 더 좋은 에 너지를 드릴 수 있게 멋진 여자가 될게요. 바쁘셔서 자주 글은 못 올리시겠지 만 가끔이라도 계속 좋은 글 올려 주실 거죠? 언니의 글을 보며 힘을 내는 사 람이 여기 있어요!"

└ RE : "다시 한번 제 인생을 되돌아보게 되네요. 감사합니다."

└ RE : "저한테 해주신 얘기 같아서 너무 감사해요."

└ RE : "선생님 글들은 한 번 읽을 때랑 두 번 세 번 읽을 때 느끼는 감정이 다 다른 것 같아요."

위로의 댓글들

└ RE : "이런 사연이 있었을 줄은... 한 번도 생각하지도 못했는데 매일 잘 웃으셔서 진짜 너무너무 굳건하고 강하게 잘 지내오신 것 같아요."

└ RE : "나는 수현이 하면 항상 웃는 모습만 생각나는데... 언제나 행복하길!"

└ RE : "선생님 항상 너무 밝으셔서 예전에 그런 일 있는지도 몰랐네요. 항상 긍정적인 에너지를 발산해주시는 티파니 선생님, 모든 일이 다 잘되시기를 진심으로 기원합니다!"

└ RE : "선생님, 지금 여유가 필요하시군요! 조금만 쉬었다가 하세요."

└ RE : "오랜만에 글 올리신 건데 조금 지쳐보여서 걱정돼요. 촉촉한 비 냄새 느껴보시면서 오늘 밤은 조금 쉬어주시는 게 어떨까요?"

└ RE : "티파니 님, 힘내요!"

└ RE : "그래서 지금의 단단한 티파니 님이 되셨군요!"

└ RE : "선생님 멋있어요! 항상 응원할게요!"

└ RE : "나 자신을 훨씬 더 많이 사랑하게 된 거 같아요. 요즘 글 많이 써주셔서 감사합니다."

└ RE : "응원할게요! 잘 마무리하셔서 다행이에요."

└ RE : "아픈 기억, 슬픈 기억 모두 억지로 지우는 것보다 그냥 아쉬울 때 떠올리면서 감성에 젖는 것도 좋더라구요. 안 좋은 일이든 좋은 일이든 한꺼번에 오던데... 좋은 일 왕창 오시길!"

└ RE : "힘내세요, 선생님! 힘겨움은 더 나은 삶을 위한 과정이니까요."

└ RE : "지난날이 있었기에 지금의 내가 있잖아요. 앞으로 더욱 파이팅입니다."

공감의 댓글들

└ RE : "그냥 저도 어떤 사람을 다시 회상하게 돼요. 회상하기 싫지만 말이죠. 선생님, 정말 마음이 짠하네요..."

└ RE : "선생님, 오랜만에 방문했어요. 지금까지 밀린 글들 읽고 많은 생각 하고 갑니다."

└ RE : "잠자기 전 그리고 외로울 때 선생님의 글을 읽으면 되게 힘이 나고 마치 거울을 보는 것처럼 제 모습을 그대로 보고 있는 것 같은 느낌이에요. 여기서 힐링도 하고 눈팅도 하니 얻어가는 게 많더라구요."

└ RE : "사람은 지금 이 순간 일이 안되는 것을 보면 계속 힘들어하죠. 누구도 내일을 알 수 없으니까요. 하지만 겪어보면 다행이다 생각되는 게 참 많더라고요. 타임머신이 있다면 과거로 돌아가 저를 독려하고 싶습니다. 잘되기 위한 연결고리라는 걸요..."

└ RE : "소름 끼쳐요! 어쩌면 저에게 해주시는 글일 수도 있다는 생각이 문득 들었어요."

└ RE : "우리는 항상 기적과 마주하면서 살아가는 것 같습니다. 티파니 님께서 기적 같은 일을 만들어 주셔서 너무나 감사하네요."

└ RE : "능력도 중요하지만 인성을 갖추는 것! 정말 중요한 것 같아요."

└ RE : "Oh, my God! 너무 신선해요! 짧은 소설 한 편을 읽은 것만 같아요. 이건 말도 안 돼..."

└ RE : "와우, 지금까지 제가 알아오던 선생님과 달라 보여요! 저는 그리고 늘 선생님을 응원해요. 평생..."

└ RE : "인생의 중요한 기로에서 헤맬 때 머리를 식혀 줄 글. 다른 글들처럼 절대 강제로 내려놓으라고 말하지 않는다. 글을 읽다 보면 스스로 내려놓은 나를 발견할 것이다. 진정으로 진심으로 나를 내려놓을 수 있게 해주는 글."

└ RE : "진짜 팬이에요! 선생님 글 너무 재밌어요! 수업을 들어봐서 그런지 글 읽는데 음성 지원도 잘돼요. 다시 수업에서 뵐 수 있었으면 좋겠습니다. 너무 즐거웠어요."

└ RE : "선생님, 늘 좋은 말씀 감사해요. 유익한 블로그 좋아요."

└ RE : "멋진 여자 되기 프로젝트 같아요."

└ RE : "고맙습니다. 저에게도 도전이 되는 이야기네요."

└ RE : "명쾌하시네요. 개인에게 있어 SNS도 중요한 일일 수도 있지만, 그것보다 더 몰입해야 하는 것이 있다는 점에 공감합니다."

└ RE : "선생님 블로그 재밌어서 필 받아서 한 번에 다 읽었어요. 제가 친구들이랑 하던 말들을 선생님 글에서 보니까 신기합니다."

└ RE : "감사해요, 선생님. 늘 저에게 이런 인연이 생겼음에 감사하고 있어요! 저도 일단 갈 길을 열심히 가보겠습니다."

└ RE : "저는 아직 스펙도 없고 영어도 바닥인걸요. 그저 막연하게 생각만 하고 있었는데 어떤 게 필요한지 알려주셔서 감사합니다."

└ RE : "저도 이게 진짜 제 꿈이 아니라고 생각은 하고 있지만 두려워서 외면했는데, 이젠 직시해 봐야겠어요. 감사합니다."

└ RE : "선생님, 글이 뭔가 확 와 닿아요."

└ RE : "선생님 블로그 진짜 재밌어요! 그리고 또 깨달음을 얻고 갑니다."

└ RE : "선생님에게서 배울 게 많아요. 그래서 아마 선생님 주위에 늘 사람이 모이고 그로 인해 그 상대방에게도 긍정적인 영향이 많이 생기는 것 같아요."

└ RE : "우와, 조언들 금쪽같네요!"

└ RE : "인생의 멘토가 되어주는 선생님! 제게 너무나 도움이 되는 글이네요. 생각하고 갑니다."

└ RE : "글이 재미있어 술술 읽히네요."

└ RE : "멋지세요. 공감이 많이 됩니다. 인기강사 티파니!"

└ RE : "모든 글 한 글자 한 글자 공감."

└ RE : "나이를 먹으면서 사랑이 과연 존재했을까 하는 생각이 들어요. 그냥 외로움을 피하고 픈 즉 혼자 남겨진다는 것에 대한 두려움은 아니었는지... 좋은 선생님이실 듯!"

└ RE : "시간 낭비란 게 이런 거구나 느꼈습니다. 티파니 님 좋은 말씀 감사하고 그가 후회할 정도로 열심히 잘살아야겠어요."

└ RE : "또 대박글 등장! 아유, 진짜 짱짱걸!"

└ RE : "티파니 님이 쓰신 글에 200% 공감했어요. 이만큼 잘 맞고 잘난 사람 만날 수 있을까 그런 조바심이 저를 너무나 힘들게 했습니다. 틀린 문제도 다시 보고 왜 틀린지 알아야 된다는 거 이제 알았네요. 티파니 님 말에 힘을 얻습니다!"

└ RE : "제 옛날이야기를 어디서 들으셨어요? 너무 제 이야기 같아요..."

└ RE : "이 글을 널리널리 뿌리고 싶어요."

└ RE : "다시 한번 금쪽같은 시간 내주셔서 감사합니다. 그것 때문에 골머리를 썩이고 있었는 데 덕분에 실마리를 잡은 것 같아요."

└ RE : "차라리 헤어지잔 말이라도 하면 미련이라도 없을 텐데 괜히 기다리라고 했거든요. 티 파니 님 말대로 좋은 남자가 나타날 거라 믿겠습니다."

└ RE : "이 에피소드가 모든 경우에 다 해당되더라구요. 공감합니다."

└ RE : "선생님, 항상 재밌게 읽고 있습니다. 계속 연재해주세요!"

└ RE : "아, 진짜 떠오르는 인물들이 하나씩 대입이 되는 지금 이 상황 어쩌죠... 잠 오는 시간에
또 빵 터져서 웃고 다시 일하러 갑니다."

└ RE : "헐, 완전 백과사전이네요!"

└ RE : "여러모로 많은 것을 배워갑니다."

└ RE : "항상 배워갑니다, 선생님."

└ RE : "남자와 여자의 속을 동시에 다녀오신 것 같아요."

└ RE : "티파니 연애상담소 개업해도 되실 듯..."

└ RE : "선생님, 정말 감사합니다. 위로가 많이 되었어요."

└ RE : "그냥 글로만 이렇게 설레다니..."

└ RE : "내용이 흥미로웠습니다. 왠지 20대의 젊은이의 연애관을 보는 느낌이었습니다. 질풍
노도의 연애사!"

└ RE : "모든 포스팅에 공감을 표합니다."

└ RE : "오늘도 거침없이, 물 흐르듯 글을 써내려갔네요. 완전 공감해요. 40대에도 제대로 된
인연을 만날 수 있다는 부분은 제가 입증하고 있기에 특히 공감!"

└ RE : "아주 글이 중독성 있어서 옆에서 얘기해주는 느낌입니다."

└ RE : "좋은 글 잘 보고 갑니다. 마지막 부분에서 빵!"

└ RE : "인연이란 건 참 신기한 것 같습니다, 선생님."

└ RE : "이렇게 솔직한 블로거가 되기 쉽지 않은 듯해요. 저도 애들 가르치고 학부모들 상대하고 있어서 생각이 오해가 될까 노파심이 쌓이곤 해요. 잘 읽고 생각하고 느끼고 갑니다."

└ RE : "선생님 최고! 어쩜 이렇게 솔직하고 대담하게 팍팍 쓸 수 있나요? 완전 부러워요! 말씀하신대로 실천해 볼게요. 고맙습니다."

└ RE : "좋은 참고가 되고 있어요. 제가 잘 이해하고 있다고 착각했다가도 올려주시는 글 덕분에 정신 차립니다."

└ RE : "티파니 님의 글솜씨는 대단하십니다. 정감 있고 읽기에 편한 문장이라 금방 빠져들게 되네요."

└ RE : "당당한 모습 보기 좋아요!"

└ RE : "너무너무 진심으로 공감되는 글이에요. 덕분에 힘 얻고 갑니다!"

└ RE : "인생을 진지하게 생각하도록 만드는 글이네요."

└ RE : "선생님 짱이에요! 글 착착 읽히고 좋네요!"

└ RE : "너무 재밌어요. 글 읽기를 멈출 수 없게 만드는 마력을 지닌 듯!"

└ RE : "글이 참 솔직해서 좋아요."

└ RE : "얼마 전에 헤어지고 그 남자의 진짜 모습을 알게 되었어요. 이 글 보고 마음이 좀 괜찮아지네요…"

└ RE : "제 주변에 잘나가던 친구들의 성향을 보면, 자신이 잘났으니 자신이 대접받는 것에만 익숙하고 남을 배려할 줄 모르는 경향이 조금 짙은 반면, 외로움의 시간을 가진 사람들은 자신에게 관심을 가져주는 사람들을 소중히 여기고 자신이 외로웠기에 상대방을 바라봐주는 마음을 가진 듯해요! 선생님의 글을 읽으면 읽을수록 재밌어지네요."

└ RE : "상처는 자신을 들여다보며 자신과의 대화를 통해서, 글을 통해서 치료되는 듯! 그래서 조금이나마 선생님의 글을 읽고 공감하고 고민하게 되는 시간이죠. 감사!"

└ RE : "가르치는 일이 천직이신 듯. 애정이 많은 일이니 일일이 학생들을 기억하시네요! 따르는 학생, 조교들도 많고 하니 선생님은 참 부자세요."

└ RE : "선생님과 선생님 아버지 너무 멋있어요. 점심시간에 쪼개서 읽었다는 게 죄송스러울 정도로 가슴이 뭉클해요... 밝은 선생님 뒤에 항상 서 계신 아버지 모습을 생각하니 저도 엄마 생각이 많이 나네요. 열심히 치열하게 그리고 더 예쁘게 살아야겠다는 생각이 들어요. 선생님, 보고 싶어요."

└ RE : "한 번도 하지 않은 이야기를 들려주셔서 감사합니다. 영화 한 편 보는 듯한 느낌이었어요. 가족분들 모두 대단하세요!"

└ RE : "선생님 멋져요! 아, 시집갈 때 되어서 그런지 부모님이 애틋하게 느껴져요. 특히 엄마..."

└ RE : "감사해요 언니. 항상 많은 힘과 위로를 얻고 있어요."

└ RE : "좋은 소식이든 나쁜 소식이든 결과 발표 나면 꼭 알려드릴게요. 언니도 파이팅! 정말 사랑합니다."

└ RE : "집중해서 읽으려고 이제야 정독을 했어요. 오늘 너무 피곤한데 잠이 안 오네요. 선생님은 저랑 참 비슷한 거 같아요. 제 미래 모습은 선생님처럼 되지 않을까 싶기도 해요. 글을 무지 기다렸어요. 자주 써주시면 안 될까요?"

└ RE : "고맙습니다. 저 또한 이 글을 통해 많은 생각을 하고 자신을 돌아보면서 반성도 해보게 되네요!"

└ RE : "저도 저만의 가을을 지금 열심히 보내보려고요. 다 빛을 볼 날을 위한 어둠이겠죠. 원래 아침이 오기 전의 새벽이 가장 어둡대요. 파이팅!"

권선복

- 도서출판 행복에너지
  대표이사
- 대통령직속 지역발전
  위원회 문화복지 전문
  위원

『도담 도담』은
분주한 마음으로 살아가는
현대인들에게 참된
행복의 메시지를 전해주는
기운 나는 책입니다.

　이 세상에 태어난 인간은 저마다의 목표를 이루기 위해 달려갑니다. 어떤 사람은 돈을 벌기 위해 달려가고 어떤 사람은 명예를 얻기 위해 달려가며 또 어떤 사람은 인기를 누리기 위해 달려갑니다. 하지만 문제는 만족을 주는 목표가 어느 지점인지를 알기도 어렵고 그 경지에 도달한다고 할지라도 만족을 주리란 보장이 없다는 사실입니다. 참된 행복은 무언가를 얻고 난 후에 누릴 수 있는 것이 아니라 바로 지금 살아 있는 이 순간에 존재하는 것인데, 우리는 얼마나 자주 이러한 진리를 잊고 살아가는지 모릅니다.

　『도담 도담』은 분주한 마음으로 살아가는 현대인들에게 참된 행복의 메시지를 전해주는 에세이입니다. 저자는 대한민국 굴지의 YBM 어학원에서 16년 동안 이만여 명이 넘는 취업준비생과 직장인들을 가르치면서 성공한 커리어 우먼입니다. 경력만 보면 사람들은 그녀가 탄탄대로의 성공만을 맛보며 살아왔을 것이라고 생각하지만 저자는 누구보다도 수많은 좌절과 아픔을 경험하며 이 자리까지 올라온 최고의 영어 강사입니다.

매 순간의 사건 속에서 깨달은 진리 하나하나를 자신의 블로그에 게시하자 수많은 사람들이 그녀의 이야기에 귀를 기울이기 시작했습니다. 그녀의 글에는 마치 자신의 인생을 대변해주는 느낌을 갖게 하여 독자로 하여금 절로 고개를 끄덕이게 하는 묘한 힘이 있기 때문입니다. 또한 허심탄회하게 거침없이 풀어가는 문체 가운데에서 희망과 용기를 북돋아주는 위로와 격려의 메시지를 잊지 않습니다.

우리는 나의 행복을 누리기 이전에 소중하다고 생각하는 누군가를 위해 짐을 지고 살아가는 경향이 있습니다. 하지만 무엇보다도 저자는 '나 자신이 가장 소중한 친구'라고 강조합니다. 나 자신이 먼저 행복해져야 주변 사람들도 행복해지고 더 나아가 세상이 행복해질 수 있기 때문입니다. 바로 이 책이 참된 행복을 가져다주는 메신저가 되기를 기대해보며 독자들에게 행복과 긍정의 에너지가 팡팡팡 샘솟는 삶이 되기를 기원드립니다.

1598년 11월 19일 - 노량, 지지 않는 별
장한성 지음 | 값 15,000원

현재 공인회계사이자 세무사로 활동 중인 장한성 저자의 두 번째 장편소설이다. 고증을 바탕으로 한 이 팩션Faction은 현재 우리 대한민국에서 살아가는 모든 이들에게 삶의 진정한 의미는 무엇인지, 이 혼란한 시대를 이겨낼 힘은 과연 무엇인지에 대해 이순신 장군의 삶을 그려내며 진지하게 묻고 있다.

생각과 말과 행동의 방정식
윤영일 지음 | 값 15,000원

『생각과 말과 행동의 방정식』은 행복으로 가는 길, 참된 이정표가 될 만한 깨우침을 가득 담은 책이다. 동서양의 고전과 선지자들의 일화에서 옥구슬같이 빛나는 혜안과 통찰을 뽑아내어 따뜻한 필치로 잔잔히 이야기를 풀어 나간다.

부모의 변화가 아이를 살린다
박영곤 지음 | 값 15,000원

책 『부모의 변화가 아이를 살린다』는 늘 아이 걱정에 고민이 많은 부모들이 스스로 긍정적으로 변화해야 자녀의 삶 역시 행복에 한걸음 더 가까워질 수 있음을 깨닫게 하는 '멘탈 혁신 자녀교육서'이다. 또한 세부적인 멘탈코칭 Tip을 제시하여 부모들이 아이 교육에 바로 활용이 가능하도록 구성되어 있다.

사랑은 왜 낮은 곳에 있는가
이우근 지음 | 값 15,000원

책 『사랑은 왜 낮은 곳에 있는가』는 근래 대한민국의 부끄러운 현실을 엄정히 그려내면서도 미래에 대한 기대와 희망을 놓지 말아야 한다는 격려를 한꺼번에 담아낸 칼럼집이다. 우리 사회가 안고 있는 난제들을 어떠한 방식으로 풀어내야 하는가에 대해 때로는 차분하게, 때로는 속이 시원하게 전하고 있다.

천국 쿠데타(1, 2권)
민병문 지음 | 각 권 값 15,000원

소설 『천국 쿠데타』는 '천국'을 배경으로 우리에게 친숙한 성경 속 인물과 안중근, 정약종 같은 역사적 인물들을 등장시켜 색다른 재미를 안겨준다. 문학만이 펼칠 수 있는 독특한 상상력의 세계가 펼쳐짐은 물론, 종교라는 무거운 주제를 인문학적으로 접근하며 독자의 가슴에 깊은 감동을 새겨주고 있다.

갈 길은 남아 있는데
김래억 지음 | 값 25,000원

책 『갈 길은 남아 있는데』는 격동기에 태어난 한 사람이 역사의 비극 가운데에서 고뇌하며 조국의 근대화에 대한 열망을 품고 축산업과 대북 사업에 일생을 바치며 산업역군으로 성장해가는 과정을 담고 있다. 남북을 넘나들며 통일의 물꼬를 트고자 노력했던 저자의 헌신이 감명 깊게 다가온다.

헌혈, 사랑을 만나다
이은정 지음 | 값 15,000원

이 책은 저자가 혈액원에서 근무하며 만났던 수많은 헌혈자들과의 소중한 일상을 담은 책이다. 매혈에서 헌혈에 이르기까지 겪었던 파란만장한 역사 이야기, 우리가 잘 몰랐던 의학적인 관점에 근거한 혈액형 이야기, 그리고 헌혈과 관련된 수많은 감동적인 이야기로 구성되어 있다.

공공의 적
남오연 지음 | 값 9,000원

이 책은 법조계를 경제학적인 관점으로 재해석한 책이다. 저자는 법률시장이 오랜 기간 지니고 있는 문제점에 대해 당당히 일침을 가한다. 비록 짧지도 길지도 않은 10년이란 경력을 지녔지만, 누구보다도 냉철하게 법률시장의 논리를 꿰뚫고 있고 그 원리를 바탕으로 혁신적인 해결책을 제시하고 있다.